「……僕だって……アレクシ様をお慕いしているんです。好きな人と結ばれたいのは僕も同じです」
　エイノが言い終わるのを待てないとばかりに、唇が重ねられる。アレクシの唇に塞がれて最後の音が消えていった。

竜《りゅう》の守《もり》人《びと》は騎《き》士《し》団《だん》長《ちょう》に愛《あい》される

葉《は》山《やま》千《ち》世《せ》

ILLUSTRATION：カズアキ

竜の守人は騎士団長に愛される

LYNX ROMANCE

CONTENTS

007　竜の守人は騎士団長に愛される

243　誓いのキスは虹の下で

256　あとがき

竜の守人は
騎士団長に愛される

ユミルナの地にそびえるフレイ山には天の使いとして、天候と大地を司《つかさど》る竜が棲《す》んでいました。しかしヴェリス王の前にユミルナを治めていたエッダ王は戦《いくさ》ばかりしている愚王であり、資源の豊富なフレイ山を荒らし、愚政にて民草を苦しめていたため、竜は怒りフレイの山へ登ることを禁じ、また豊かな大地を取り上げたのです。

　エッダ王が退いても、それは変わることはありませんでした。

　エッダ王の時代から数代の後――ユミルナを治め、平和をもたらしたヴェリス王には三人の息子がいました。そのうち長男のラニアは人々を率いる器量に優れていたので、父の跡を継いでユミルナの王となりました。次男フレートはとても賢く、また信仰心が篤《あつ》かったので、教皇となりました。そして末っ子の三男レオンは誰よりも強く勇気に溢《あふ》れ、正義感が強かったためユミルナを守る騎士となったのです。

　三人は協力してユミルナを治めていましたが、土地は貧しくなり、民は困窮する一方です。

　そのため勇気ある騎士レオンは竜の怒りを解いてもらうべくフレイ山へ向かうことにしました。しかし竜の棲処《すみか》は険しい山の中、とても危険な場所にあり、生きて帰ってこられるかどうかもわかりません。

　それでもレオンはユミルナの民のために旅立ちました。

　一日目、壁のような険しい崖《がけ》がレオンの前に立ちはだかりました。

　二日目、熊や狼《おおかみ》に襲われましたがレオンは自慢の剣さばきで立ち向かいました。

　三日目、嵐が襲い、レオンの身体は氷のように冷たくなり、洞窟《どうくつ》に身を寄せました。

四日目、落石に巻き込まれましたが、レオンはすばやい身のこなしで石を避《よ》けました。

五日目、一滴の水もない岩山をかんかんと太陽が照りつける中歩き続けました。

六日目、霧に覆われ、道に迷ってしまいました。

七日目、迷った山の中腹で、怪我《けが》をして崖から落ちそうになっている子どもの竜を、レオンは身を挺《てい》して助けました。

礼がしたいという子どもの竜にレオンは言いました。

「あなたたち竜と仲直りがしたいのだ」

子どもの竜はレオンを案内し、竜たちが住まう頂上へと連れていきます。

「我が子を助けてくれてありがとう。感謝する」

竜はレオンに礼を言いました。

「おまえのような人間をはじめて見た。私の知る人間という生き物は、己のことしか考えず民を苦しめていた。戦好きで、血を流すことしか考えておらぬ、傲慢《ごうまん》な輩《やから》であった」

レオンはかつての王の非礼を詫《わ》び、竜の前で誓います。

「これからは民のための政《まつりごと》を行うと約束しよう。ユミルナの民を守る戦はしても、攻める戦はせぬ」

竜はレオンの誠実な言葉にユミルナの人間に手を貸すことを約束し、レオンも竜に、人間も竜とともに生きるためにこの自然を守ると約束しました。

「その約束を守れるならば、我々は昔のように人間との友情を誓おう」

竜は誓いの印として騎士に自らの目を与えると、それは宝玉となり、またその契約の印としてレオンはその身体に紋章を刻みました。紋章は緋《ひ》色に輝き、その光がレオンと竜を包み込みました。
それ以来勇気あるレオンの子孫は、竜との約束を守るための印である紋章を持つことになったのです。

(――ユミルナ民話　第一集より)

プロローグ

なだらかな丘を越えると、目の前には雄大な山脈がそびえ立っていた。

白い万年雪をいただく峰を仰ぐように見上げれば、鷹《たか》か鷲《わし》か、その峰の見回りをするようにくるりと弧を描きながら飛んでいる。

青い空に万年雪の白い色が眩《まぶ》しく映えていた。

そのとき、動物の唸《うな》り声のような低い音が山々にこだました。この地を揺らす唸り声は、竜の咆哮《ほうこう》か、それとも山鳴りか。

竜が棲むフレイ山はこの山脈にあり、その麓《ふもと》にユミルナ王国という伝統的に竜騎士団を擁する小国がある。国土こそ小さいものの、ユミルナの竜騎士団といえば竜を操り、勇猛果敢として名を馳《は》せており、その実力はどの国からも一目置かれるほどである。

また竜という生き物はどこにでもいるわけではなく、生息域が決まっており、しかも彼らはそもそも人間の手に余る存在であった。

おまけに自我を持っていて、非常に賢く、なかなか人の言いなりにならないのが竜という生き物である。

だがフレイの竜は他の地域に生息するものに比べ、少々異なっていた。

まずなにより戦う力に優れている。鱗《うろこ》が鋼のように硬く、また飛行スピードも他の竜を圧倒していた。気質も勇ましく激しい個体が多い。

そして特筆すべきは、気難しい一面はあるものの、一度信頼関係を築くと裏切ることはない、ということだ。

フレイの竜がなぜユミルナという国に仕えているのか。

その理由は遥《はる》か昔から、すべてのユミルナ国民に伝承として知られている。

数百年の昔、ユミルナの騎士が竜の子を助けたことがきっかけで、友情を育んだ。竜はユミルナの人間に手を貸すと誓い、また人間も竜とともに生きると誓った。

竜は誓いの印として騎士に自らの目を与えるとそれは宝玉となり、またその契約の印として騎士は身体に紋章を刻んだ。このふたつのものがある限り、竜とユミルナの民の間には友情が結ばれる――そう言い伝えられている。

それゆえ気難しい竜もユミルナの騎士には友好的であり、戦いをともにする間柄となった。それが大陸一と呼び声高い、ユミルナ竜騎士団の成り立ちと言われ、現在に至っている。

竜と騎竜者である騎士との息の合った攻撃はそれは見事なものであり、よって周辺諸国はその力を喉から手が出るほど欲しがっている。だが、ユミルナはどの国にも屈することなく、古くから中立の立場を保っていた。

それはかつての竜との約束である、民を守る戦はしても攻める戦はしない、ということに基づいているためだ。そのとおり、ユミルナ竜騎士団はこの国を守るために存在していた。

そのユミルナが紋章を失ったのは、十八年前のことだった。

伝承にもあるとおり、竜との誓いが結ばれて以来、騎士レオンの血を引く者の中に紋章が現れるようになった。ただ、昔は紋章を有する者が数多くいたものの、その頃にはごく僅《わず》かしか存在しなくなっていた。

彼ら紋章を有する者は竜と言葉を交わすことができるのだ。意思疎通がはかれるだけではない。紋章と宝玉の力を合わせることによって、竜はさらなる能力を発揮することができるのである。それゆえ、自然と紋章持ちは、特別な存在としてフレイの山中に神殿を築き、天の使いであるという竜たちの世話を担っていった。そうして彼らは勇気ある騎士の末裔《まつえい》として誇りを持ち、神殿の神官として竜騎士団とともに竜を守りながら暮らしてきたのだ。

永遠に続くかと思われたその理《ことわり》が壊れたのは、毎年行われるユミルナの春祭りの最中であった。

長く厳しい冬を終え、春の訪れを祝うこの祭りは、病気や悪いものから遠ざけ、これからの大地の恵みを祈るために行われるものだ。人々は今年も無事に冬を越せたことへ感謝し、苦労をねぎらい合う。

ユミルナで秋の収穫祭に次ぐ祭りとして賑《にぎ》わいを見せる中、悲劇は起こった。

「神官様が……！」

収穫祭には神殿の神官も麓に下りてきて、祭りを楽しむのだが、今年に限っては一人もやってきていない。おかしいと思った者が山に向かったがその途中、神官の一人が殺害されて倒れているのを発見て、慌てて人を呼んで神殿を訪れると、そこには悲惨な光景が広がっていたというのだ。

すぐさま騎士団が神殿へ駆けつけるが、神官は一人残らず事切れており、取り返しのつかない事態となっていた。

この惨事から、竜の能力を引き出す――紋章を宿している――能力を持つ者は誰もいなくなってしまった、と言われている。

その影響なのか、それ以来この国では新たな竜は生まれていない。竜は比較的長生きではあるが、やはり日に日に衰えてきている竜もいた。このまま竜の子が生まれなければ、大陸で最強と謳《うた》われている竜騎士団もいつ滅びてしまうかもしれない。

調査によると、事件は実に計画的に行われており、また複数の人間が関わっただろうことだけは明らかだが、結局解決することはなかった。

偶然か否か、この事件以来、国内情勢も大きく変わってきた。

近年の発明により、蒸気機関によるプロペラを動力とする飛行船が開発され、これによって周辺国家は近代化へと傾きつつあった。ユミルナでも、近代化を推進したい革新派と呼ばれる反国王派の萌《ほう》芽《が》が見られることになった。

第一章

「わあ……！」

昨日までカチカチの堅い蕾《つぼみ》だった、庭のミモザがふんわりとした黄色い花を咲かせていた。ふわふわとした小さな花々が鈴なりに木を彩っている。鮮やかな黄色が木々の葉の緑に映えてとても眩《まぶ》しく、まるでお日様の粒のような花を見て自然と笑顔がこぼれた。

この春を呼ぶ花がエイノは一番好きだ。

うれしくなって思わず部屋を飛び出し、屋敷の庭にあるミモザの木へ駆け寄る。爽やかな風が吹き抜け、光の粒のようなその花は可愛《かわい》らしく揺れた。

長い長い冬が終わって、ユミルナの国にも春が来た。

周囲を高い山で囲まれているこの国の冬は厳しい。

一年の半分近くを雪と氷が覆い尽くし、生きる者に試練を与える。深い雪と、分厚い氷、容赦なく襲う吹雪や雪崩《なだれ》——それらと戦わなければならない。しかしその分、春の訪れはなににも増して人々を、そして動物たちを幸せにするのだった。

「エイノ！　竜の鱗の手入れはすんだのですか？」

この屋敷の執事であるレンナルトの声が聞こえた。エイノが声のほうへ顔を振り向けると、窓から顔を出している。

「わっ！　ごめんなさい。まだでした……！」

「早くなさい。今日はアレクシ様がトール陛下の護衛でお出かけなさるのですよ」

「あっ、そうでした。すみません、忘れていました……！　今から行ってきます……！」

エイノは琥珀《こはく》色の瞳をまん丸くすると、あわあわと焦るように駆け出す。

春の日差しを浴びた彼の銀色の髪の毛は輝き、小柄だがしなやかな身体は小気味よく地面を蹴って、竜舎《りゅうしゃ》へ向かっていく。その様子をレンナルトは苦笑しながらも目を細めて穏やかに見守っていた。

「急がなくちゃ……！」

すっかり時間のことを忘れていた、とエイノは山へ全力疾走する。

きれいに咲いたミモザに気を取られて、言いつけを忘れるなんて。しかも今日は、陛下の護衛という大事な用事がある日である。護衛といえど、油断は大敵である。いつなんどき不埒《ふらち》な輩が襲ってこないとも限らない。手入れを怠っては、竜自身にも、また乗竜するアレクシも怪我を負う可能性があるのだ。小さな傷をほんのささくれだと思って放っておいたせいで、化膿《かのう》して死に至った竜もかつていたと聞いた。

せっかく竜の世話を任されているのに、こんなヘマをしてしまっては信用を失ってしまうかもしれない。

「どうしよう、アレクシ様をがっかりさせちゃう」

ユミルナの誇る竜騎士団の団長であるアレクシ・カールフェルトはエイノの恩人であり、そして誰よりも大好きなご主人様である。エイノのことを信頼してくれているのに、こんなことでは失望されかねない。

いくらか気落ちしながら、でも、へこたれている場合ではないと思った。一秒でも早く遅れを取り返さなければ。

落ち込むのは後だ、とエイノは竜舎へ急いだ。

竜舎はアレクシの屋敷の敷地内にある。

アレクシはユミルナ竜騎士団の団長であり、そのため竜の管理はすべて彼の権限で行っている。フレイ山の竜は基本的に山から離れて暮らすことができないため、アレクシがフレイ山の麓に屋敷を構え、敷地内で竜も管理している。

そしてエイノはアレクシの使用人として屋敷で暮らしていた。

屋敷といっても、主人のアレクシは華美な生活を好まない。そのため使用人も他の貴族の屋敷のようには多くない。というより、かなり少ないほうである。

執事が一人とそれからエイノ。コックの他、数人の使用人とあとは通いの庭師。それだけだ。

レンナルトという有能な執事のおかげで、使用人の少なさはカバーされており、特に不自由することはない。

エイノには実の両親がいない。赤ん坊の頃《ころ》、森で捨てられていたのをアレクシが引き取り、それ以来この屋敷で働いている。

任されている竜の世話はエイノにとっては天職と呼べるものであった。というのも、まだ物心つかないうちからエイノは竜と仲よく遊んでいたくらい、彼らはエイノに対して心を開いていたためだ。

そもそも竜はプライドが高く気難しい性格で、基本的に人と馴《な》れ合わない生き物である。そのため彼らに信頼されるようになるまでは根気と長い年月が必要と言われている。しかし、竜たちは不思議とはじめからエイノを受け入れており、周囲も感心するほどだった。

竜の世話ができるのは、彼らに気に入られた人間だけであるが、その重大な役割をエイノは担っていたのである。

エイノにとってもこの仕事はとても楽しく、やりがいのあるもので、だから一切手を抜くことはなかったし、アレクシにも信頼を置いてもらっていた。

なのに自分ときたら。

竜舎へたどり着いて、自己嫌悪に陥りながら手入れの準備を進めた。

「落ち込んでる暇なんかないから。失敗はいい仕事をして取り戻さなくちゃ」

両手で頬《ほお》をパンとひとつ叩《たた》いて遅れを取り戻す気合いを入れる。

幸いなことに、レンナルトが早く気づいてくれたおかげで、すべての竜を手入れしても十分な時間が取れそうだ。

「シーヴ、ごめんね、遅くなって」

青銀の鱗をまとい、金色の瞳の一際凛々《りり》しい竜にエイノは話しかける。

シーヴと呼んだ竜は気にするな、とばかりにその大きな翼を小さく動かした。

竜の手入れはまず彼らの鱗のチェックからだ。古くなって痛みがひどくなった鱗をそっと引き抜く。たいてい古い鱗の下には新しい鱗ができているから、傷ができることはない。とはいえ、新しい鱗の中にはまだ柔らかいものもあるので、鱗を保護するために青い花を咲かせる薬草から抽出した油を塗ってやる。この油は化膿止めになったり、また痛みをやわらげる働きもある。

「ん、ここ……多めに薬塗っておくね」

騎士団の竜は基本的に二人乗りである。一人が竜に指示を与えて操縦し、もう一人が戦う。そういうスタイルを取っているため、負担の大きな場所は鱗の傷みも早い。

そうやって、隅々まで鱗を確認し、今度は鋭い爪を見る。割れがないか、傷がないか。そうして最後に柔らかい布で竜の翼を拭き上げるのだ。

竜騎士団に所属している竜は二十頭ほどいるが、朝と夕にこうして手入れをしたり、体調を確認していた。そして今、念入りに手入れをしているシーヴというのがアレクシの相棒の竜である。

団長であるアレクシが乗るシーヴはどの竜よりも大きく強い。他の竜に比べて多少気質は荒いが、エイノ相手にはそう不機嫌になることはなかった。

真っ先にシーヴの手入れを終え、それからは他の団員の乗る竜の手入れをする。

ようやく最後の竜の翼を拭き終えたときだ。

キュウ、と足元からなにかの鳴き声が聞こえた。

「ヒンメル？　見つからないと思ったらこっちにいたんだね。でも、もう少しだけ待ってて」

足元を見ると、小さな竜がいる。エイノの足元をぴょこぴょこと動き回っていた。

この子どもの竜はヒンメルといい、エイノと仲よしの子だ。フレイ山で生まれた竜は緑がかった色の個体が多いが、ヒンメルは真っ白い。シーヴは青銀というまた他とは少し違う色味だが、ヒンメルはそれとも大きく異なっていた。目の色も青く、とても珍しいといえる。

そして、竜の成長スピードははっきりとわからないが、ヒンメルはもう十八年間同じ大きさで、小さな身体から成長していない。いずれは他の竜と同様、大きくなると思うのだが、いまだその気配はなかった。

他にも違う点があり、このヒンメルはとても穏やかな性格をしていて、どちらかというとおとなしい部類に入るエイノとは、とても気が合っていた。

また小さい身体ということもあり、この竜舎ではなく彼はほとんどを屋敷でエイノと一緒に過ごしている。今朝、どこに行ったのか姿を見ないと思っていたら、ここへ一足先にやってきたらしい。

ギリギリだったものの、どうにか出立《しゅったつ》の時間には間に合ったようだ。

後片づけを終えたとき、竜舎の扉が大きく開いた。

「エイノ！　シーヴの調子はどうだ」

張りのある声がエイノを呼び、振り向くとがっしりとした体躯《たいく》の偉丈夫が姿を見せる。

その男性はエイノよりも随分年上で、全身から貫禄《かんろく》が滲《にじ》み出ている。黒髪が特徴的なこの男性は、目鼻立ちが整った気品のある容貌に加え、その筋骨逞《たくま》しい身体つきと意志の強そうな眉、そして強い眼光からただ者ではないと思わせる。だが、けっして近寄りがたくはない。

彼の顔には微笑《ほほえ》みが浮かび、発する声は明るく、そして親しみがあった。

「アレクシ様！」

エイノはアレクシと呼んだその男性の元へ駆け寄る。

彼がエイノの大好きな主人であり、ユミルナの竜騎士団を束ねる団長である。また彼は現在のユミルナ王、トールの異母弟でもあった。

前王の側室の子であるため、王子は王子であったのだが、豪放磊落《ごうほうらいらく》な性格の彼は「王は兄上がふさわしい」と言い、さらに「俺は竜騎士としてユミルナの国を、兄上を守る」と、さっさと城を出て竜騎士になったのである。以来、戦場ではシーヴとともに空を駆けるアレクシは他国の脅威となった。

「早朝から悪かったな。いつもより随分と早い時間だから大変だっただろう」

ねぎらう言葉にはやさしさが溢れていて、エイノはその声を聞くだけでうれしくなった。が、うっかり時間を忘れてしまっていたので、後ろめたい気持ちになる。

「あの……すみません。実は時間を忘れてしまっていて……」

庭に咲いたミモザに見とれていて、すっぽかしそうになったことを正直に話した。

けれど、アレクシはエイノを咎《とが》めることはなかった。鳶《とび》色の瞳を細め、楽しそうな口調でこう言った。

「ほう、ミモザか。俺も後で見に行こう。エイノが好きな花だっただろう？」

「は、はい」

自分の好きな花を覚えていてもらったことがうれしくて、エイノはぱあっと顔を明るくした。アレクシも微笑んでいる。

「とにかく間に合ったのだから気にすることはないさ。無理を言ったのは俺のほうだからな。それに、間に合うように手入れをしてくれたのだし、手抜きも一切していない。そうだろう？」

もちろんだ。手を抜くなんてことあってはならない。

そう言おうとすると、アレクシは先回りするように口を開いて言葉を続けた。

「シーヴの満足そうな様子を見ていたらわかる。本当におまえは毎日丁寧な仕事をしてくれるね。おかげで俺は安心してシーヴと飛び回ることができるよ」

ありがとう、そうアレクシはエイノに礼を言う。

礼を言われることなどなにもしていない。これがエイノにとっての当たり前なのだから。毎日アレクシのために竜の世話をすることがどんなに幸せか……礼を言いたいのはエイノのほうだ。

エイノは十八年前、まだ十五歳の少年だったアレクシに拾われた。いわゆる神殿の悲劇のあったそのときのことだ。

アレクシは当時まだ竜騎士になりたてであったが、騎士団に同行して事件のあったフレイ山に入っていたのである。既《すで》に殺戮《さつりく》が行われた後ではあったが、生存している神官がいるのではないかという一縷《いちる》の望みをかけて捜索するためと、また殺戮者を捕らえるためであった。

残念ながらどちらの目的も叶《かな》うことはなかったが、その帰り道、アレクシはエイノを見つけた。フレイ山にある大樹の陰から儚《はかな》い泣き声が聞こえてきて、その声で気がついたのである。

とてもおとなしい赤ん坊だったため、殺戮者も気づかなかったのだろう。そのおかげで、エイノはアレクシに助けてもらうことができたのだった。

　さらにエイノにとって幸運だったのは、捨て子だからと教会へ預けられそうになったところを、アレクシが反対したことだった。

　この子は竜の山フレイ山で見つけた子であるし、竜や神殿に縁があるのかもしれない。その証拠に、ヒンメルが赤ん坊だったエイノにずっと寄り添っていたのだという。また、くるまれていた布もかなり上等のもので、神殿にいた者の子である可能性もなくはない。だとすれば、教会に預けるよりは、竜騎士であり王族の末席にいる自分のところで引き取るべきだ——と言い張ったらしい。

　周囲も一度は反対したものの、アレクシの説得に根負けし、そうしてエイノはアレクシの屋敷で育てられることになったのである。

　屋敷には当時竜の世話係をしていた、使用人の老夫婦がおり、その夫婦に預けられた。彼らには子どもがなかったため、エイノを実の子としてとても可愛がってくれ、おかげで毎日がとても楽しかった。その老夫婦も既に他界したが、執事のレンナルトはじめ、皆がよくしてくれるので寂しいとは思わない。

　それだけでも恵まれすぎて、十分に幸せなのに、なにかにつけてアレクシはエイノを気にかけてくれていた。

　やさしくて頼もしいアレクシのことをエイノは大好きで、だから、アレクシの大事な竜は自分の手で世話をしたいし、彼の相棒のシーヴを常に万全の状態に整えるのが自分の仕事だと思っている。

（僕にはこのくらいしかできないから……）

せめてもの恩返しだ、とエイノは毎日心を込めて竜の世話をしていた。

「おや、ここの怪我はもうよくなったのか」

ふと、アレクシがシーヴの翼へ視線をやりながら驚いたように言った。

というのも、昨日アレクシとシーヴが偵察に向かった際、国境近くで起こった諍《いさか》いに巻き込まれて翼に軽い怪我を負っていた。いくら深くないとはいえ、傷ができたことに変わりはない。竜にとって、翼は非常にデリケートなところであり、場合によっては飛行に支障を生じかねないのである。

その傷が、今朝にはきれいに治っていた。

「はい、昨日温泉のお湯で温めながら薬を塗ってあげたんです。そしたらすっかり」

エイノは笑顔を浮かべて答える。

「そうか、それはよかった。それにしてもエイノが世話をした竜は皆、怪我をしても治りが早いな。きっとおまえが心を砕いて竜たちの世話をしてやっているからだろう」

「そんなこと……」

「いや。見てみろ、シーヴのこの目。よほどおまえのことを信頼しているのに違いない。穏やかでいい目をしている。随分とリラックスしているようだ」

エイノは謙遜《けんそん》するが、アレクシの言うとおり、エイノがいると竜たちは非常に穏やかでいる。戦闘の後などで気が立った竜も、エイノの声や彼との触れ合いで、落ち着きを取り戻すことも多い。またなぜか怪我をしても、エイノが手当てをするだけで治りが早いような気がすると、竜の乗り手である騎士団員からもしばしば言われる。

けっして特別なことはしていない。

ただ——エイノは竜が大好きだ。人によっては見た目の厳《いか》つさから怖いと言う者もいるようだが、竜ほど魅力的な生き物はいないと思っている。こちらが愛情を込めて接すれば、彼らは応えてくれる。それに彼らは一度信頼した人間を裏切るようなことはしない。そういう点で言えば、人間よりもずっと誠実である。

「アレクシ様！　そろそろお時間です！」

竜舎の外から、アレクシを呼んでいる声が聞こえてきた。きっと迎えの者だろう。

「すぐ行く！」

アレクシは返事をし、シーヴを伴って数歩歩くと、不意に振り返った。

そのとき、胸に提げているペンダントが朝日を受けてキラキラと輝いた。それは先王から授けられた形見の石で、彼のお守りだと聞いたことがある。アレクシの兄である国王トールも同じものを持っているらしい。

——これとシーヴが俺を守ってくれているんだ。

いつもそう言って、肌身離さず着けている彼のお守りは、大丈夫、と言うように虹色の光を放つ。

「今日は兄上と領内を見回るだけだから、昼過ぎには戻る。帰ってきたら、ミモザの木に案内をしてくれ。俺もエイノと一緒にミモザの花を見たい」

にっこりと笑顔を向けられて、エイノはぱあっと表情を明るくさせた。

「はい！」

うれしくて、思わず声を大きくした。

アレクシと一緒にミモザを見るだなんて、思ってもなかったことだ。その誘いに、エイノの顔にも自然と笑顔がこぼれる。

「では行ってくるよ」

「お気をつけて行ってらっしゃいませ。無事にお役目を終えられますように」

「そう堅苦しくならずともいい。今日は物騒な国境周りに行くわけではないからな。まあ、散歩のようなものだ」

はは、とアレクシが笑う。

「散歩って……でもなにがあるかわかりませんし」

アレクシにしてみたら些細《ささい》な仕事かもしれないが、大事な主人になにかあったらと思うと気が気ではない。彼がとても強いことはエイノもよく知っているが、それでも心配は募る。

「怪我だけはなさいませんように」

「そうだな。エイノを泣かせないように気を引き締めて行こう」

くしゃっ、とアレクシが安心させるようにエイノの銀色の柔らかな髪の毛をかき混ぜるように撫《な》でた。

「アレクシ様……」

「さ、笑ってくれ。おまえが笑っていないと、シーヴも、それから——ヒンメルも心配するだろう」

そう言われて足元を見ると、ヒンメルが心配そうにエイノを見上げている。

「わっ、ごめんね、ヒンメル。きみまで心配させちゃって」

しゃがみこんで、咄嗟《とっさ》にヒンメルを抱き上げると、その様子を見ていたアレクシはクスクスと笑った。

「まったくおまえときたら可愛い。……ではさっさと任務をまっとうしてくるとしようか。行ってくるよ」

ヒンメルにかまけていたせいで、アレクシの言葉をさらっと聞き流しそうになったが、可愛いと言われて心臓が跳ねる。彼にしてみれば、子ども相手の言葉に過ぎないだろうけれど、気持ちがどこかふわふわと浮ついてしまう。

だから、行ってらっしゃいませ、と口にした声は、たぶんどこか上擦っていた。


アレクシを見送った後の仕事はてんてこ舞いだった。

エイノは竜舎の他の竜の体調を帳面に記録したり、掃除をしたり、それから竜たちのご飯の用意をし、やっと朝の仕事を終えて屋敷に戻る。

ぐう、と鳴ったお腹《なか》で自分が空腹だったことに気づいた。

このままだと、厨房《ちゅうぼう》にたどり着く前に倒れてしまいそうだ。屋敷の勝手口から入り、厨房へ急ぐ。

そこではコックのハンスがエイノの朝食を用意してくれていた。

「遅かったな、エイノ」

「うん、ちょっとヘマしちゃって。今日はアレクシ様が早く出て行く予定だったのに、手入れのことをうっかり忘れてしまったんだ」

「そりゃ大変だ。間に合ったのかい？」

「なんとかね。思わず心臓が止まっちゃうかと思ったよ。……だから、もうお腹ペコペコだよ。……ヒンメルもお腹空いたよね」

一緒に帰ってきた相棒に話しかけると、ヒンメルも「キュウ」と小さく鳴く。

「あ、今日はヒンメルの好きなラディッシュがあるよ」

焼いて蕩《とろ》けた熱々のチーズをのせたパンと、温かいミルク、それからラディッシュのサラダがテーブルの上にのっている。

竜という生き物は、例えばシーヴのような成長した大型の竜は皆、肉や魚を好むのだが、ヒンメルはどちらかというと草食だ。肉も食べないことはないが、野菜や果物をよく好む。ただ、冬の間は野菜もろくに手に入らないので、魚を食べたり、秋の間に収穫しておいた木の実を食べたりしているが。

「エイノ、ぐずぐずしていると学校に遅れるぞ」

ハンスに言われて時計を見ると、本当にギリギリの時間だ。

「うわっ、本当だ……！　今日は遅刻できないんだってば」

すぐさまパンを口にし、ミルクで流し込む。あまりに急《せ》くように食べたせいで、喉《のど》に詰まりそうになり、思わずむせてしまう。

「そんなに慌てて食べるな」

呆《あき》れたようにコックに言われ、エイノは肩を竦《すく》める。

「だって」

急がないと、と言おうとしたが、どうやらそんな暇すらなさそうだ。なんとか食べきり、鞄《かばん》を持ってバタバタと駆け出す。

「行ってきます！」

忙《せわ》しなく出て行こうとするエイノをコックはクスクスと笑う。

「転ぶんじゃないぞ」

「わかってる！」

振り返ることなく、エイノは家を出て城下町にある学校へと向かう。

足には自信がある。毎日駆けずり回っているから、見た目の割に体力だってあるのだ。とはいえ、今日はギリギリで、あやうく門を閉められるところだったのだが。

それでもなんとか遅刻をせずにすんだ、とエイノは教室でようやくひと息つく。まだ外は寒さが残っているというのに、すっかり汗だくになっている。汗を拭かないと、風邪を引いてしまいそうだ。

「おはよう」

声をかけてきたのはルッツだ。

「ルッツ、おはよう」

エイノはにっこりと笑いながら挨拶を返した。

ルッツは大好きな友達だ。本人は栗《くり》色のくせっ毛とそばかすがコンプレックスらしいのだが、それが彼の快活な性格によく似合っていて、とてもチャーミングだと思っている。

ルッツとは高等部からの友達だが、二人とも小柄なため、いつも席が揃《そろ》って前になることが多く、それで話をするようになったのだ。

「どうしたのさ、そんなに汗かいて。外はまだ暑くないだろ？」

ルッツの疑問ももっともである。エイノ自身同じことを思っていたのだから。苦笑しながらルッツに「実はね――」と今朝からのことを話して聞かせた。

「へえ、トール陛下は今日、アレクシ様とお出かけなさっているんだ」

「うん、そうなんだよ」

「それにしてもトール陛下もアレクシ様もすごいよなあ。王様なんて、玉座にふんぞり返っているもんだと思っていたけど、トール陛下は御自ら視察にお出かけなさるんだもの。アレクシ様もトール陛下の弟君で王族なのに、俺たちみたいな者にも気さくに話しかけてくださって」

すごいよなあ、とルッツは繰り返し口にした。

本当にそうだ。ユミルナ王家は王であるトールも、そしてアレクシも驕《おご》ったところがない。小さい国ということもあるのだろうが、民との距離が近くそして常に民を第一に思ってくれている。そのため皆からの信頼も篤い。

山国であり、けっして華やかとはいいがたい国ではあるが、大らかな自然に囲まれ、心豊かな人々を育んだこの国を国民は皆愛している。

「エイノ、なんか今日はやけにご機嫌だね」

「そう？」

「うん。さっきからずっとニコニコしてるから。学校に遅刻しそうになったくせに、やけにうれしそうなんだけど。そんなに遅刻ってスリルを味わいたかったわけ？」

「スリルなんか味わいたくないよ。遅刻なんてしたくないし」

「だったらどうしてそんなにうれしそうなのさ」

ルッツに指摘されるほど、どうやら自分の頬は緩んでいたらしい。

だって、とエイノは今朝、アレクシとした約束を思い出す。

——帰ってきたら、ミモザの木に案内をしてくれ。俺もエイノと一緒にミモザの花を見たい。

この後、アレクシと一緒にいられる時間があると思うと、エイノの気持ちがふわふわと浮かれてしまう。

「そ、その、今日アレクシ様がお帰りになったら一緒にミモザを見ようって約束して……」

「ふうん」

ルッツはいまひとつピンとこない様子で気のない相づちを返した。

他の人からすれば、そんな些細な約束、浮かれるほどのことではないかもしれない。けれどエイノにとっては違う。

できるならアレクシとずっと一緒にいたい、と思うほど彼のことが大好きなのだ。彼の側《そば》にいると、ドキドキと心臓が高鳴るようになったのはいつからだったろう。あのやさしい目で見つめられると、頬が赤らむようになったのは。

自分が彼を好きだと思う感情は、単に主人を思う尊敬の気持ちや、両親を思う気持ち、友人のことを好きな気持ち、そのどれとも種類が違う。

たぶん、それは——。

恋心、に近い感情なのだと思っている。

けれど、エイノがいくら恋心を抱いたところで、そもそも身分が違う。おまけに自分などまだまだ子どもで、大人のアレクシにとってみたら相手にする気も起きないだろう。

彼に大事にされている、とは常々感じている。普通なら使用人の子を学校へ通わせたり、同じ食卓で食事をしたりなどしない。

屋敷には同じ年頃の子がいないため、このままでは友達ができないかもしれないとアレクシは危惧《きぐ》したらしい。学校へ通うべきだと勧めてくれたおかげで、こうして通うようになったのである。

エイノもはじめは遠慮したが、通ってみるとやはり学校は楽しい。

大好きな主人の顔に泥を塗らないようにと頑張《がんば》っているおかげで、成績も優秀だし、学校に通えることになってからルッツという親友もできた。このまま勉強して、いつかアレクシの役に立ちたいという目標もできた。

そしてアレクシはことあるごとにエイノを呼んで食事を一緒にしてくれる。確かに彼の広い屋敷でぽつんと一人、食事をするのはあまり楽しくないだろうけれど、使用人の子と食卓を囲むなんて。

けれど彼は身分なんか関係ない、食事は楽しくしたいから、としょっちゅうエイノを呼ぶのだった。

とはいえ、エイノ自身、本心ではとてもうれしい。食事のときにはたくさん話ができるから、気後れする気持ちよりもうれしさが勝ってしまい、ついいそいそと誘いに乗ってしまうのだ。

アレクシの武勇伝や、王宮の華やかな話を彼の口から聞けるのはとても楽しくて、時間なんか忘れてしまう。学校でルッツと話をするのとは別の楽しさがある。

他にも馬の乗り方を教えてくれたり、剣術を指南してくれたり……アレクシはエイノに様々な経験をさせてくれている。それだけでなく、エイノが欲しいと思ったものは先回りして与えてくれるほどで、一介の使用人に対して以上のものを彼はエイノに与えていた。

甘やかしているとレンナルトに嫌みを言われることもあるが、そのたびアレクシは「エイノは特別」とどこ吹く風である。

それはたぶん、彼が自分を拾ってくれたからだろうと思っている。拾った動物を世話しているうちに抱く感情と同じようなもの。

ましてや、彼に拾われたとき、自分は赤ん坊で随分手がかかったはずだ。

古くから屋敷に仕えているコックのハンスがいまだに笑い話として口にするのは、赤ん坊の頃、誰があやしてもまったく泣き止《や》まなかったエイノが、アレクシが抱くとぴったりと泣くのを止めたという。しかもアレクシに抱かれると、にこにことご機嫌になるとまで言われたのだった。

そんな話をしても、アレクシは迷惑そうな顔をするでもなく、「エイノを笑顔にするのは得意だからな」と皆に言ってまわるほどで、逆にエイノのほうが気恥ずかしくなってしまうのだけれど。

小さい頃は素直に彼のことを大好きと言っていて許された。が、今では違う。

エイノももう十八だ。大人扱いされてもおかしくない年頃で、自分の立場というものもよくわかっている。アレクシには主人に対して抱く感情の……それ以上の感情を持たないよう、わきまえなければと自分に言い聞かせていた。

「おはようございます」

先生の姿が現れて、生徒はそれぞれ自分の席に着く。

エイノはその声にハッとして、胸の高鳴りを抑えながら、教科書を開いた。


授業を終えて帰宅してもまだアレクシは戻っていなかった。

(昼過ぎには戻るって言っていたのに……)

少しがっかりしたが、こういうことはよくある。

「レンナルトさん、竜舎に行ってきます。ヒンメルも行こう？」

竜はなにもシーヴだけではない。騎士団員が騎竜するための竜たちが竜舎で待機している。今朝は重点的にシーヴに手をかけてしまっていたから、他の竜たちの世話をする時間が取れず、少し手抜きになってしまっていた。

(みんなにはごめんね、って言ったけど……。早めに出かけよう)

ここで彼らの機嫌を損ねてしまいたくはないので、エイノはすぐに竜舎へ向かうことにした。

「そんなに急がなくてもいいのでは？　くるみのパイを焼いたとハンスが言っていたから、食べてからでもいいでしょう」

レンナルトに声をかけられたが、エイノは首を横に振った。

「いいえ。今朝の仕事のやり残しがあるので、行かないといけないんです」

「だったら、持って行けばいいでしょう。夕食までまだ時間がありますし、お腹も空いているのでは？　空腹で倒れでもしたら、アレクシ様に叱《しか》られますよ」

ウインクしながら茶目っ気たっぷりに言うレンナルトにエイノは小さく笑った。

「ありがとうございます。そうします」

アレクシにかこつけてはいるが、レンナルトもエイノのことを心配してくれているのがわかり、エイノの心が温かくなる。好意を素直に受け取ることにして、エイノは厨房へ立ち寄った。

コックのハンスから受け取った切り分けたくるみのパイをハンカチに包み、それを手にして、エイノはヒンメルと竜舎へ向かう。

思ったとおり、朝少し手を抜かれたことで、竜たちはほんのちょっぴり拗《す》ねていた。

「みんなごめんね。お詫びにみんなの好きな香草を持ってきたから」

エイノは竜の好物の香草を両手いっぱいに持っていた。この香草はどの草よりも香りが高く、そして竜たちの体調を整えてくれるものだ。夏にたくさん収穫して、乾燥させておく。新鮮なものももちろん彼らは大好物なのだが、乾燥させるとより一層香りがよくなって、彼らはとても喜ぶのである。

この香草を育てるのもエイノの仕事で、春がきた今からはやることがたくさんだ。

「明日は学校が休みだし……畑を見てこようかなあ。そろそろレンナルトさんに頼んで肥料の手配をしてもらってもいいかも」

去年は天候に恵まれなくて、保存用の香草が足りなくなってしまうのかと冷や冷やした。今年はもう少し作付けを増やしてもいい。

竜たちの前に香草を置き、そうして一頭一頭状態を見ながら、丁寧に手入れを進めていった。

「あ……鱗が乾燥しちゃってるね……ごめんね」

鱗に精油を塗ったり、欠けた爪をヤスリで整えたり、朝できなかった分の仕事をエイノは進める。

最後の竜まで終えたときには、随分と日が傾いてしまっていた。

「わ、もうこんな時間」

時計を見ると、かなりの時間が経《た》っている。

だが、アレクシが戻ってくる様子はまだない。

「どうしたんだろう……。なにかあったのかな……」

また先日のように、諍い事にでも巻き込まれてしまったのだろうか。もし怪我をしていたら、と思うと気が気ではなかった。

「アレクシ様……」

ソワソワと落ち着かない気持ちで、思わず竜舎から出て外を見る。遠くへ目をこらしても、アレクシの姿もシーヴの姿もまだ見えない。少しだけ肩を落とし、溜息《ためいき》を漏らすと、ヒンメルが気遣うように小さな身体をエイノに寄せてくる。

「慰めてくれてありがとう、ヒンメル。アレクシ様……大丈夫だよね？」

ヒンメルを抱き上げて話しかけると、同意するように小さな翼をパタパタとはためかせた。

「レンナルトさんのところに連絡が行っているかもしれないし、屋敷に戻ろうか」

心配になりながら、ひとまず屋敷へ戻って様子を聞いたほうがいいかと一歩踏み出したときだ。

山鳴りにも似た、低い声が空に響いた。

「――――！」

見上げると、空の向こうに小さな影。

豆粒ほどのその影は次第に大きくなり、やがて竜の形を成した。シーヴだ。彼はものすごい速さでぐんぐんとエイノのほうへと向かってくる。

「シーヴ……！　アレクシ様！」

さっきまで半分泣きそうなくらいしょげていたエイノの顔に笑顔が戻った。

シーヴがばさりと翼をはためかせる。その翼のはためきは強い風を生み、風はエイノの身体を煽《あお》った。

「わっ」

いつもながらすごい風だ、と思いながらエイノは飛ばされないようにと足を踏ん張り、ヒンメルを腕の中に収める。ぎゅっと抱きしめてしまったせいで、ヒンメルは「キュウ」と小さく声を上げた。

「わわっ、ごめんね、ヒンメル」

慌てて謝ると、ヒンメルは気にしていないよというふうに、舌でエイノの手を舐《な》める。

うっかりすると、転がってしまいそうな風に負けないよう、身体に力を入れてシーヴとアレクシを出迎えた。

「おかえりなさいませ！」

エイノは大きく声を張り上げる。でなければ、風の音に紛れて声が消えてしまう。

その声と同時にシーヴがエイノの側に降り立った。

「シーヴ、おかえり！」

駆け寄って、シーヴに抱きつく。今日は砂の多い場所に行ったのだろうか。翼や鱗に細かい砂がついていた。手でザラザラとした砂を払い落としながら「後できれいにしてあげるね」と話しかける。

それを聞いたシーヴは満足そうに首を下げた。

「アレクシ様、おかえりなさいませ。シーヴに随分砂がついていたようですが、砂地にでも行かれたのですか」

ゆっくりとシーヴから下りてきたアレクシは「ただいま」とにっこりエイノに笑いかける。

「砂地ではないが、運の悪いことに、ちょっとした砂嵐に巻き込まれてしまってね。ちょうど赤砂《あかずな》の時期だろう？　山からの砂が下りてきたものだから」

「赤砂……！　陛下はご無事だったのですか」

春になったこの時期、ユミルナの北部では《赤砂》という現象が起こる。

フレイ山の隣にあるティボリという山は鉄鉱石が多く、色が赤茶けている。鉄分が多いということもあって、あまり植物は育たず、そのため冬にははげ山のようになってしまうのだ。

そのため乾燥したこの時期、そのティボリ山から吹く風が赤砂を巻き上げる。

この赤砂は厄介で、洗濯物に色がつくし、人によっては喘息《ぜんそく》の原因にもなるらしい。エイノは赤砂を経験したことがないからよくわからないが、ただ、このあたりでも秋の木枯らしの吹く時期に、乾燥した砂が強風で舞い上がることはある。その程度でも鬱陶《うっとう》しいと思うのに、赤砂だなんて。

シーヴがこれだけ砂まみれになっているのだ、かなりの風だったのだろう。エイノはアレクシが無事であったことに安堵《あんど》した。

「ああ。陛下は州知事と歓談していてね、俺とシーヴが少しばかり外出したところで、ひどい目に遭ってしまった。とはいっても、大したことはないよ。それより赤砂のせいで髪や服の間に砂が入り込んでしまっている。本当はすぐに洗い流したかったのだが、まだ湖に入るには水が冷たくてね」

苦笑しながら彼が言う。

「湖！　今時期、湖になんか入ったら凍えてしまいます。後ほど湯を用意しますから、それできれいにしてください」

ようやく春になったばかりで、雪解け水でいっぱいの湖は指先をつけるだけでも、じん、と痺《しび》れるほど冷たい。氷水のような水に入ることを想像しただけで震えてしまう。

そんな湖に入ろうと考えるだなんてとんでもない、とばかりにエイノは強い口調で言った。

「冗談だよ、エイノ。さすがの俺もそこまでは馬鹿《ばか》じゃない。任務があるのに風邪など引いていられないからね」

ハハハ、と彼は快活に笑う。

「もう！　僕を揶揄《からか》って」

「ごめんごめん。つい、エイノの顔を見たらホッとしてね。大したことはなくてもさんざんな思いをしたものだから。約束を守れなかったお詫びに……というわけではないが――手を出して」

手を出して、というアレクシは言うが、なにをするつもりなのだろう。けれどエイノは首を傾《かし》げながらも、アレクシがエイノにひどい真似《まね》はしないとわかっているから、言われたとおりにする。

すると差し出したエイノの手のひらに、アレクシはそっとなにかをのせた。

「わ……あ」

それは小さな白木細工の竜だった。子ども向けのおもちゃといった可愛らしいものだが、とても精巧にできている。

「土産《みやげ》だ。ヒンメルによく似ているだろう？」

得意げにアレクシは言う。エイノがヒンメルをとても可愛がっているからこそ、彼はきっとエイノが喜ぶと思い土産にしてくれたのだろう。彼の言うとおり、その白木細工の竜はヒンメルに似ていた。

つぶらな瞳ややさしげな表情はまさにそのもので、思わず微笑んでしまう。

「はい、とっても。本当にヒンメルみたい……！　すごく可愛い」

うれしそうにエイノがそう口にすると、アレクシは満足そうな表情をした。

「それはよかった。今日出向いたところは木工細工が盛んなところでね、店先で見つけたものだから、エイノにと思って。少し子どもっぽいかと思ったが、つい買ってしまった」

なんとなく照れ臭そうな口調なのは、衝動買いをしたからなのか。

アレクシはけっしてケチというわけではない。竜舎の設備や使用人への待遇など、大事なところには金を惜しまないのだが、彼自身は物欲はないらしい。

ただ、そんなアレクシにも例外はあって、エイノへの土産はどっさりと買い込んでくることが多い。いくら断っても、少し家を空けるとなにかにつけて色んなものを与えてくれる。つい先日は、エイノの大好物であるチョコレートをたくさん買ってきて、おかげでレンナルトに呆れられ、ほどほどにと、チクチク嫌みを言われたばかりだった。そのため今日はいくらか我慢したのだろうが、やっぱりエイノへの土産は買ってきたのである。

「ありがとうございます、アレクシ様。大事にします」

にっこり笑って礼を言うと、アレクシもまた笑顔になった。


夕食を食べ終えると、エイノは「宿題がいっぱいあるんだ」と言い訳をし、お茶を持ってそそくさと自分の部屋に向かった。

エイノが部屋へ行こうとすると、ヒンメルも後ろからついてくる。

「ヒンメル、おいで」

声をかけると、キュウ、と一声鳴いて、エイノと一緒に部屋へ入ってきた。

ランプの灯《あか》りをつけ、勉強机に向かう。ヒンメルは自らベッドの上に乗り、クッションの山に埋もれた。ここが彼の定位置なのだ。

「わ、まだやっぱり外は寒いんだ……」

春の夜はまだひんやりとして、窓のガラスも雲っている。

エイノは曇っているガラスを手のひらで拭くと、窓の外に映っている、美しい月を眺めた。

「満月のおかげかな」

ふふ、と満足そうに笑うと、机の引き出しを開ける。その中にはきれいな布が張られた箱があった。

その箱を取り出し、そっと蓋《ふた》を開けた。

そこにはエイノが大事にしているものが入っている。きれいな刺繍《ししゅう》のしてあるハンカチも、爪を磨くためのやすりも、子ヤギ革の手袋も、銀細工の時計も、それから美しい石や絵はがきなど、アレクシからのプレゼントの数々——どれもエイノにとっては宝物だ。

そして、それらを入れるこの美しい箱もアレクシが外国へ行ったときの土産だったものだ。中にはとてもおいしいお菓子が入っていて、それはもちろんあっという間に食べてしまったが、箱の美しさに捨てることができずにいた。

「アレクシ様がこんなの買うなんて」

エイノは先ほどアレクシからもらった小さな竜の土産をじっと見つめる。

店先でこんな可愛らしい白木細工を買っているところを想像すると、なんだかとても微笑ましい。

いったいどんな顔をしてこれを買い求めたのか。

なによりエイノのために選んでくれたことが、うれしかった。

「うん、本当に可愛い」

エイノは満足そうに、じっとその白木細工を見つめる。端整なつくりのそれは見ているだけで癒やされる。

この宝箱に入れる宝物がまたひとつ増えた。

エイノは今日もらった白木細工をその中にしまおうと思ったが、はたと手を止めた。

「どうしようかな……これは机の上に置いておこうかな。――ねえ、ヒンメル、きみにすごくよく似ているよ」

ね、とエイノはベッドの上で丸くなっているヒンメルに話しかける。が、彼はぐっすり眠っているようで、規則正しい寝息だけが聞こえていた。

「なんだ、寝ちゃったのか。もう少し僕の話につき合ってほしかったんだけどな」

アレクシに対する気持ちを打ち明けられるのはヒンメルだけだ。

眠っているヒンメルを横目に見ながら、エイノは箱の中から、ペンダントをひとつ取り出した。

それは虹色の竜の鱗をペンダントにしたものだ。

まだエイノが幼い頃、アレクシが遠征で屋敷を留守にするのが寂しくて泣いてしまったことがあるそのときアレクシにこの虹色に輝く竜の鱗をもらったのだ。

きらきらと輝くこの鱗をアレクシは、「お守りだよ。これはいつでもエイノを守ってくれる」と言って首にかけてくれた。

「アレクシ様……」

エイノはペンダントを当時アレクシがしてくれたように自分の首にかける。こうしてこれを身に着けていると、まるで彼が側にいるような気持ちになれる。七色の光がエイノを守ってくれるような気がする。アレクシからもらったものの中でもこれがなにより一番の宝物なのだった。

それに、あの頃はなにも知らなかったが、この虹色の竜の鱗というのはなんでもかなり貴重なものらしい。

というのも、これは子どもの竜が成長するに従って、脱皮の際に脱鱗《だつりん》する逆鱗《げきりん》だというのだ。逆鱗は竜一匹に対し、一枚しかない。脱皮のたびに得られるとはいうが、そう何十回も脱皮するわけではない。

しかも、十八年前の事件以来、新しい竜が生まれる気配はなく、年老いた竜が亡くなるごとに減少の一途を辿《たど》っている。そのため、この虹色の鱗を得る、というのは今では非常に困難になっており、巷《ちまた》では高値で取引されるほどである。

その貴重なものをエイノにくれた。それだけではない。アレクシからもらったものはこの宝箱の中身だけでなく、それ以外にももっとたくさんある。

楽しい思い出も、やさしくしてもらった思い出も……だからエイノは幸せだ。これがあるから近い将来アレクシに大事な人ができても大丈夫。いつでも彼の側から離れる覚悟はできているし、彼の目が自分を見なくなったとしても……寂しくはない。

(思うだけならいいよね……)

首にかけたペンダントをランプの灯りにかざす。

ゆらゆらと揺れる光に虹色の鱗が柔らかく輝いている。エイノはそれをいつまでもうっとりと見つめていた。

数日後――。

「エイノ、帰ってくるなりで悪いが、薬局までお使いに行ってもらえませんか」

執事のレンナルトが申し訳なさそうな顔をしている。

どうやら学校から帰ってきたばかりのエイノにお使いを頼むのは気が引けるらしく、いつもあまり表情を変えない彼がいささか沈んだ顔をしていた。

エイノにもこれから竜の世話があることは執事である彼が知らないはずはない。薬局となると街まで出なければならず、かなりの時間がかかってしまう。しかし彼が消沈した表情をしているのにはもうひとつ訳があったらしい。

「薬局ですか？」

聞き返すと、レンナルトは大きく頷《うなず》いた。

「私としたことが、テレピン油とリント布を切らしてしまいましてね」

それを聞いて、エイノは目を丸くした。

レンナルトにはまず滅多にないミスだったからだ。

普段から騎士団長であるアレクシが万全の状態でいられるよう、この屋敷には必要なものが過不足なく揃っている。無論医薬品の類《たぐ》いもそうだ。

眠り薬くらいなら、今日一日切らしていたところでさして気にもしないと思うのだが、テレピン油とリント布となるとそうはいかない。

様々な傷の手当てに使用するそれらは切らしてしまってはいけないものだ。というのも、アレクシはいつなんどき出動を迫られるかわからない身であり、いったん戦いの場に身を置くとなれば、怪我のひとつやふたつ負う可能性もある。またそのような際にはアレクシがこれらのものを持ち出すこともしばしばある。

よって、この屋敷で切らしてはいけないもののひとつがそれらの医薬品であった。

「この前の注文のとき、最近はあまり遠征もないし、と少なめに注文していたのをうっかり忘れてしまっていたのですよ。次の注文の際に調整しようと思っていましたが、それも失念してしまいました。エイノ、竜の世話があるのは重々承知ですが、行ってきてもらえますか」

珍しく溜息をつき、落ち込んでいるレンナルトに、エイノは一も二もなく「すぐに行って参ります」と返事をする。普段から屋敷のことをすべてこなしているレンナルトは誰よりも忙しいため、それに取り紛れて注文を忘れたとしても仕方ない。竜の世話は時間をずらせばいいことだ。

「すみません。竜たちにも申し訳ないのですが、生憎《あいにく》今日は私も他の用事があって」

聞くと、アレクシの代わりにとある貴族のところへ届け物をしなくてはならないのだという。普段こういうミスをレンナルトはしないものだから、よけいに気落ちしているようだった。

「構いません。薬局へ行くくらい大したことではありませんし。他に必要なものがあれば、一緒に買ってきます」

「ありがとう。では石炭酸も一緒に買ってきてもらっていいでしょうか。テレピン油と石炭酸が半ガロン、リント布が一巻き」

「わかりました。ではすぐに出かけます」

レンナルトから薬を買うための金を預かり、エイノは屋敷を出た。

エイノの通う学校も街にあるが、学校は比較的街外れにあって屋敷に近い。薬局は街の中心地にあるから、学校へ行くよりはやや遠くなるが、普段、学校と屋敷の往復だから、久しぶりに街の中心地まで出てこられて、エイノはなんとなくうれしかった。いつもの生活に不服があるわけではないのだが、やっぱり賑やかなところは気持ちも浮き立ってしまい、思わずきょろきょろとあたりを見回しながら歩いていた。

中央通りに出たとき、柄の悪そうな青年たちがプラカードを持って通りの真ん中を我が物顔でのし歩いていた。プラカードには「ユミルナに蒸気機関を！」「竜頼りの騎士団は廃止しろ！」「かび臭い王制を滅ぼせ！」など、見るに耐えない言葉の羅列があり、エイノは思わず目を逸《そ》らした。

彼らは最近見かけるようになった、いわゆる革新派と呼ばれる若者だ。ああしてデモ活動をし、市民を煽っているのだと聞いたことがある。が、実際見るのははじめてだった。

なにも知らないくせに、とエイノは反論したくなったが、彼らより小さい自分の身体では、あっという間にのされておしまいだろう。それに怪我などしてしまったら、買い物もできなくなる。

悔しい思いはあるがいったん自分の気持ちは抑え、今やるべきことに集中する。

しかし、若者たちはさらに大声を張り上げながら、王城へ向かって歩き出した。ビラを街ゆく人々に配り、国王トールや、竜騎士団の悪口を叫び続けている。

聞いていられず、エイノは耳を塞ぎ、足を速めてその場から立ち去った。

デモの集団が遠ざかり、ようやくホッとしながら歩いていると目当ての薬局が見えてきた。天秤《てんびん》をあしらった薬局の看板は、遠くからでもよくわかる。

少しばかり嫌なことはあったが、国王や竜騎士団のことを理解してくれ、誇りに思ってくれる人も多くいる。深呼吸をし、気を取り直す。使いの自分が辛気臭い顔をしていたら、屋敷の評判に関わってしまう。笑顔でいなければ。

店の古めかしいドアを開け、エイノは明るく「こんにちは」と店の奥へ声をかけた。

天井まで据えつけられている棚にたくさんのラベルが貼られた薬壺《つぼ》が置かれ、それぞれに様々な薬が入れられている。

大きな天秤や小さな天秤、そして大小取り混ぜた乳鉢や乳棒が作業台の上にあって、独特の香りが店じゅうに広がっていた。

「いらっしゃい。なにかご入り用なものがあるのかな」

年配の男性薬剤師がエイノに向かって言う。

「カールフェルトの家の者です。テレピン油と石炭酸を半ガロンずつ、それから手当て用のリント布を一巻きいただけますか」

　そう言うと、薬剤師は「ああ！」と声を上げた。

「アレクシ様のお屋敷の」

「はい」

「珍しいね。いつもは注文をいただいてこちらからお届けに行くのに」

　薬剤師も少しばかり驚いている様子だった。いつもならば、レンナルトが注文し、それを薬局の者が屋敷まで届けてくれるのだが、エイノが現れたのでびっくりしたのだろう。

「今日はうっかり切らしてしまったみたいで」

「ああ、そうなの。レンナルトさんには珍しいことだね。まあ、アレクシ様もいつなんどきお出かけになるかわからないし、切らしてしまったとなると困るだろうしね」

「そうなんです」

　薬剤師はうんうんと頷いている。

「少し待っておいで。今用意してくるから」

　そう言って、薬剤師は作業台の上に二種類の遮光ガラス瓶を置く。

「……リント布は、と――一巻きだったね？」

「はい、一巻きで」

「じゃあ、これでいいかな」

　テレピン油と石炭酸の入った遮光瓶と、リント布一巻きはそれなりの荷物になった。半ガロンずつとはいえ、二本合わせると一ガロンになり、赤ん坊ほどの重さになる。またリント布一巻きもかなり嵩張《かさば》る上に重さもある。

「大丈夫かな？」

テレピン油も石炭酸も匂いがかなりきつい。特に石炭酸の匂いといったら強烈なものだ。しかも石炭酸には皮膚を腐食させる作用があるため扱いには気をつけなければならない。

とはいえ、この石炭酸の消毒効果は高いため、いざというときのために備えておかなければならない薬品のひとつである。

エイノは代金を支払い、持参したリュックにそれらを入れて背負うと、ずっしりとしてかなりの重さが肩にかかる。これをまた持って帰らなければならない。

大丈夫？　ともう一度薬剤師は心配そうに訊《たず》ねた。

きっとエイノの身体が華奢《きゃしゃ》だから、そう聞いたのだろう。しかし、エイノはこう見えて体力にも力にも自信がある。毎日竜たちの世話をして、筋力だって同級生の子よりついている。このくらいは造作もないことだ。

「大丈夫ですよ。これでも毎日力仕事しているので」

ひょいと軽々とそれを背負うと、エイノはにっこりと笑った。

「気をつけて行くんだよ」

「ありがとうございます」

店を出ると、そろそろ日が傾こうとしていた。地面に映る自分の影が伸びている。早く帰らないと、竜たちの世話ができなくなってしまう。

とはいえ、薬局では大丈夫と言ったものの、やはり荷物はそれなりに重たく、走って帰るわけにはいかない。しかも走るとガラス瓶がぶつかり合って、割れてしまう可能性もある。慎重に持ち帰らなければならないため、焦りは禁物だ。

そう思いながら歩いていたとき、背後から、馬の蹄《ひづめ》の音が聞こえてきた。軽やかなその音を聞きながら、馬だったら、帰るのも早いのにな、と溜息をつく。

馬でここまで来ればよかったかと思ってもみたが、エイノの乗馬技術では、揺れに揺れてこの背にあるガラス瓶が割れてしまうかもしれない。やっぱり歩いてきて正解だった。無理なことはしないほうがいい。

ふと、馬のいななきが聞こえ、道の端に寄ると、エイノの横で蹄の音が止んだ。

「エイノ？」

自分を呼ぶ聞き慣れた声がして振り向くと、そこには馬に乗ったアレクシがいた。

「アレクシ様！」

エイノは目をぱちくりとさせた。まさかこんな街中で彼に会うとは思わなかったのだ。うれしくて思わず発した声が上擦った。

「どうしたんだ、こんなところで。竜の世話の時間じゃないのか？」

アレクシも意外そうな顔をしている。

「アレクシ様こそどうして」

馬上のアレクシを見上げながら言うと、彼は馬から下りてエイノの側に立った。

「俺は街の見回りだ。最近、街で騒ぎを起こす輩が多くなって……過激な若者も目立つようになったのでな、騎士団で警戒している。騒ぎが高じて、暴力沙汰になることも増えてきたしな」

どうやら先ほど見たような若者のことを指しているのかもしれない。確かに街の人たちに因縁をつけたり、摑《つか》みかかっていたりする青年もいて、いつ暴力を振るってもおかしくない。

だとしたら、あの悲しい罵詈雑言《ばりぞうごん》が書かれたプラカードもアレクシは見ているのだ。

あんなものを見て、彼はいったいどんな気持ちでいるのだろう。

アレクシが竜騎士団に誇りを持っていることはエイノはよく知っている。そして国王トールを敬愛していることも。そんな彼が、騎士団や国王をこき下ろすような言葉を見たり聞いたりして悲しくならないわけがない。

「……あの、さっき……おっしゃるような方々……プラカードを持って、騎士団の悪口を叫んでいる人たちを見ました」

「そうか。嫌なものを見たな」

エイノは顔を上げてアレクシの顔を見る。悲しげな……そして寂しげな表情を浮かべている彼の顔を見て、やはり彼も辛《つら》いのだ、とひしひしと思った。

「僕は……平気です。でも、アレクシ様、あんなことを言われて……それが悔しくて。騎士団の皆様はユミルナのために……アレクシ様だって、シーヴだって……」

「ありがとう、エイノ。おまえが悔しがってくれてうれしいよ。しかし、ああいう手合いは昔から少なからずいるからね、仕方ない。世の中には批判をする層というのは一定数いるものなのだ。彼らもけっして間違ったことを言っているわけではないし、指摘どおり俺たちが間違っていることもある。だから無理に彼らの言論を封じる必要はない――ただ、暴力に訴えるのはいただけないがな」

アレクシの言うことはもっともだった。そして表面上しか見えず、浅はかな考え方しかできなかった自分を恥ずかしく思う。広く耳を傾けて意見を聞き、その上で最善を尽くすべきだと彼は言っているのだ。

やっぱり彼はすてきな人だとエイノは思うのだった。

「だからエイノは気にする必要はないんだよ。――それで、その荷物は？　なにか買い物でもあったのか？　随分重そうだが」

エイノの背にあるリュックを見て、アレクシが言う。

「ええ。レンナルトさんのお使いで、薬局に行っていたんです。テレピン油と石炭酸、それとリント布を切らしてしまったみたいで」

「そうか。それは大変だったな。しかし……テレピン油と石炭酸となると相当重いだろう。その荷物を貸しなさい」

そう言うなり、エイノの背から荷物を奪い取るように持っていってしまった。

「そ、そんな……！　僕は平気ですから」

「気にするな。俺のほうが力がある」

もちろんそうなのだが、主人に荷物を持たせるなんて。

躊躇《ちゅうちょ》するエイノの気持ちがわかったのか、アレクシはにっこり微笑み「代わりにこれを持っていてくれ」と小袋を渡した。

「これは？」

「副団長のヘルムートの奥方がおまえに、だそうだ。あの奥方はおまえをとても気に入っているからな。きっと菓子だろう。俺がエイノは菓子が好きだと言ったから」

「僕に？」

「ああ。開けてみるといい」

小袋を開けると、アレクシが言ったとおりベリーのジャムがのせられたクッキーが入っていた。丸いクッキー生地に赤いベリーのジャム。袋を開けた途端バターのいい香りがして、食欲をそそられる。

「わあ、おいしそう……！　アレクシ様、ヘルムート様と奥方様にくれぐれもよろしくお伝えください。大事にいただきます」

「ああ。エイノが喜んでいたと伝えよう――さあ、屋敷に帰ろうか」

言って、アレクシは馬の手綱を引く。馬は鼻を鳴らして従順に彼に寄り添った。

「ほら、乗りなさい」

アレクシがエイノに馬に乗るようにと促す。

「今日はちょうどいいところでエイノと会えてよかった。これで出会わなかったら、エイノにこんな重い荷物を持たせたまま屋敷まで歩かせるところだった」

「でもそれが僕の仕事ですから」

「そうかもしれないが、俺が心配になるからな。とにかく早く帰ることにしよう」

そう言われて、エイノとアレクシは馬に跨《また》がる。アレクシが馬の腹を軽く蹴ると、馬はゆっくりと駆け出した。

しっかり摑まっていなさいと言われたので、アレクシの背にしがみつくようにしていたが、ぴったりとくっついているのはやはりドキドキとする。顔が赤くなっているのを見られなくてよかった、とエイノは思う。

小さい頃、アレクシは屋敷に籠もりがちだったエイノを気分転換させるために連れ出し、こうして二人乗りで出かけたりもしたのだが、最近はない。だからエイノにとっては非常にうれしい出来事だった。

「――それにしても、レンナルトがテレピン油を切らしてしまうなんて、珍しいこともあるものだ」

馬を走らせながらアレクシがそう呟《つぶや》く。

レンナルトについて薬剤師もそしてアレクシも同じことを言うものだから、エイノはついふふっ、と笑いを漏らした。

「どうかしたのか」

「いえ、みなさん同じことをおっしゃるので。薬剤師のおじさんもアレクシ様も、レンナルトさんがうっかりしていらしたのが珍しいって。それだけいつもレンナルトさんが完璧にお仕事をされているんですよね」

すごい、とエイノが言うと、アレクシは「そうだな」と笑った。

「まあ、あれが家のことをすべて取り仕切ってくれているからな。自慢の執事だ」

「そうですよね。僕も尊敬しています。レンナルトさんに聞けばなんでも解決しちゃいますし」

「エイノも俺の自慢だがな」

不意にそんな言葉が飛んできて、エイノはパッと頬を染めた。

「アレクシ様……！　お世辞はいいですから」

「なんだなんだ。照れているのか。本当のことだぞ？」

ハハハ、とアレクシは大らかな笑い声を上げる。

褒められて悪い気はしないし、むしろうれしいけれど、いきなり面と向かって言われるのは照れ臭い。しかも今はアレクシと密着しているのだ。自分の心臓の音が彼に聞かれやしないかと、冷や冷やしてしまう。

「――エイノとこうして馬に乗るのも久しぶりだな。昔はよく一緒に出かけたものだが」

先ほどエイノが思っていたのと同じことを言われ、どきりと心臓が跳ねる。自分の心の中を覗《のぞ》き込まれたような気持ちになった。

「……アレクシ様も団長になられて、お忙しくしていらっしゃいますし」

「そうだな。おまえも学校に行くようになって、竜の世話だけしているわけではなくなった。それにもうおまえも大人だ。俺なんかにかまけているわけにはいかないだろう」

「そ……そんなことありません……！」

エイノは慌てて否定した。叶うならばずっと彼と一緒にいたい……それは昔から変わらず願い続けてきたことだ。

「おまえくらいの年頃なら、友達と遊びたい盛りだろうに。そろそろ恋人も欲しくなるんじゃないか？　エイノくらいの美青年なら女性たちも放っておかないだろう」

「恋人だなんて……。僕は……竜たちの世話をするのも、お屋敷のお仕事も好きですから、そんなこと考えたこともありません」

　エイノが側にいたいのは、この馬を自分の手足のように操る凛々しい人だけだ。これまでどんな美しい女性を見てきても、この人以外目に入ったことはないし、おそらくこれからも……。

「なんだ、色気がないな」

「僕のことより、アレクシ様だって。女性たちが放っておかないのはアレクシ様もではありませんか。たくさんのご令嬢とのご縁談があるのは、僕だって知っています。それにレンナルトさんがいつも、アレクシ様はいつになったら身を固められるのでしょうとおっしゃっているじゃないですか」

　竜騎士団の団長かつ、王族に連なる者であるアレクシに縁談がないわけがない。少し前までは毎日のように、あちこちの貴族の使いが屋敷にやってきていた。それだけでなく、パーティーの招待状も山のように届いていたのである。

　今でこそ、多少は落ち着いているものの、パーティーの招待状は相変わらずしょっちゅう届くし、縁談を持ち込む者も多くいる。

　それらを断り続けているのはアレクシ自身だ。これまで彼は仕事が忙しいのを言い訳にしていたが、三十を過ぎた今、そろそろ結婚を考えるべき時期にきているのではないか。

「おいおい。エイノまでそんなことを言うのか」

レンナルトが二人いるみたいだ、とアレクシは笑い飛ばす。

「でも、カールフェルト家の跡継ぎのこともありますし、みなさん心配なさっているのではありませんか」

本当はアレクシに結婚なんかしてほしくない。けれどそれは思ってはいけないことだ。彼には結婚をし、子どもを得て、そして家を存続させていく義務があるのだから。だから心にもないことを口にする。胸に僅かな痛みを覚えながら。

「外野は外野だ。放っておけばいい。それに俺にはエイノが一番大事だからな。昔約束しただろう？」

「え？」

「エイノにいい人ができるまで、結婚しない、そう約束したからな。エイノが幸せになるのを見届けないとおちおち結婚もできないよ、俺は」

その約束はまだまだエイノが子どもの時分にしたものだ。

ちょうどアレクシに縁談が舞い込みはじめた頃だっただろうか。彼が頻繁にパーティーに呼ばれていたときだ。彼が屋敷を留守にしていたため、寂しくなったエイノが拗ねて竜舎に籠もったことがあった。そのときに「寂しがりのエイノの側にずっといてくれる人が現れるまで、結婚なんかしないよ」と約束してくれたのだった。

「ああ、そうだ。その約束をしたとき、エイノにプロポーズされたな」

思い出したようにアレクシが続ける。

それを聞いて、エイノは穴があったら入りたくなった。というのも、そのときとんでもないことを言ったからだ。

迎えにきてくれたアレクシに、大好きな人と一緒にいるにはどうしたらいいの、と訊ねた。アレクシのことが大好きだったけれど、彼には仕事もあれば社交界にも顔を出さなければならない。

それに彼とは兄弟ではない。血の繋《つな》がりがない他人である。けれどいつでも一緒にいたい。そんな気持ちから訊ねたのである。

子どもの戯《ざ》れ言《ごと》にも彼はやさしく「大好きな人とずっと一緒にいたければ結婚するんだよ」と教えてくれたのだが、そのときエイノは「アレクシ様、エイノと結婚してくれますか」とプロポーズした。そのことを今アレクシは言っているのである。

「そんな昔のこと……思い出さないでください」

顔から火が出そうになるほど恥ずかしい。今から考えると、実にとんでもないことを言った。

「いいじゃないか。俺はうれしかったがな。可愛いエイノがそれだけ俺のことを慕ってくれたのだから。だから俺もエイノと結婚すると返事をしただろう？　結構本気で返事をしたんだが」

「なにをおっしゃっているんですか。いつまでもそんなことをおっしゃっているから、レンナルトさんに叱られるんですよ」

結婚すると言ったことが、本気だったというふうに言われて、うれしくないわけがない。エイノもその言葉を真に受けてしまいそうになる。

内心ではまだ結婚してほしいくらいアレクシのことが好き。だが、アレクシは王族の血を持っている者。みなしごの自分とは別世界の人間だ。

彼と結ばれないことはわかっている。けれどずっとずっと側にいたい。複雑な気持ちをエイノは抱えながら、平静を装って明るく振る舞った。

「エイノもそんなに結婚を勧めるのか」

「――あ、当たり前です。アレクシ様だって、もう三十を過ぎましたし、ご自分のお子様を欲しいと思われても当然のお年なのですから」

心にもないことを言う。

けれど、アレクシの子ならとても可愛いだろうなとも思ってしまう。もし彼に子どもができたなら、自分は一生懸命お世話をするだろう。誰よりも慈しんで、喜んで育てるに違いない。

エイノの言葉に対するアレクシの返事はなかった。

というのも、そのときにはもう屋敷の門扉をくぐってしまったからだ。

「エイノ、お疲れ様。この荷物は俺が持って行こう。レンナルトにはそう伝えておくから、おまえは戻っていい」

「はい。……では、竜舎に行って参ります」

「そうか。いつもすまないが、よろしく頼む。――今日は思いがけなく楽しかった。久しぶりにおまえとゆっくり話をした気がする。また近いうちに出かけようか。そうだ、今度は弁当を持って遠乗りもいい」

楽しげに話すアレクシにエイノはうれしい気持ちとせつない気持ちがない交ぜになる。彼と出かけられるのはもちろんうれしいが、楽しいうれしい思い出が積み重なると、それだけいつかこの家に奥様になる人がやってきたときに辛くなる。

一番大事な人がいる。

それだけで十分に満足していたはずだった。なのに欲望というものは際限がない。いつの間にか、あなたの一番になりたい、そう思うようになってしまった。

そんな欲望を抱くことは許されないのに。

アレクシは結婚しても自分にはやさしくしてくれるだろうけれど、結婚相手にはきっともっとやさしくなるはずだ。愛する人には誠意を尽くす、それがアレクシという人なのだから。

自分のことをそんなに甘やかさないでほしい。でも甘やかしてほしい。二つの感情の間でエイノは自分の気持ちを持て余すのだった。

第二章

「――なんと。ではファバルやチュリンはまた新たな蒸気機関を……！」

宮廷における今日の閣僚会議は大荒れに荒れていた。

というのも、先日トールとアレクシらが定期的に行っている領内の視察において、不穏な噂《うわさ》を耳にしてきたからであった。

視察先は、交易を盛んに行っている州であり、隣国であるファバルなどと木材等の取引をしていることで、彼《か》の国の情勢はいち早く摑むことができている。そのためアレクシはときどき立ち寄るのだが、今回も大きな情報を得ることができた。

かつての戦歴から、現在もユミルナの竜騎士団はかろうじて強固な戦力として周辺国家から畏怖《いふ》されているが、内実は不安だらけである。

「陛下……！　もう竜騎士に頼る時代ではございません！」

「そうです！　我が国も早く蒸気機関の採用を……！　ファバルでは飛行船がもう十も二十も装備されているというではありませんか」

「いや、閣下、それだけではありませんぞ。ファバルもチュリンも既に馬車鉄道など前時代的な鉄道は廃止されて、蒸気機関車が国を縦横無尽に走っているというではないですか」

「なんと……！　蒸気機関車とは」

「あの広いファバルの隅から隅まで走ってもたった二日で横断できるというのですよ。しかも、馬力がすごい。いくらでも荷物を運ぶことができるのです。貨物車両をいくつも繋げて走っていると聞きました。我が国のように馬でちんたら少しずつ運ぶのとは大違いだ。馬だけでは手間と時間がかかって仕方がない。これからは蒸気機関なのです」

重臣の口々からそんな声が上がった。

それも無理はない。周辺諸国では蒸気機関を積極的に採用し、兵器の近代化をはかり、飛行船などを採用しているのに、ユミルナはいまだ竜の力を頼り、竜騎士団という前時代的な戦いをしている。いくら強いといえど、それも限界がいつかくる。そのため、施政への不満が宰相を筆頭に重臣たちから上がり続けていた。

「いつまで古くさい国でいるおつもりですか、陛下……！」

「ええ、ええ、そのとおり。我が国だけがいまだ蒸気機関の技術を取り入れていないのです。あれがあれば格段に効率化が進み、国も豊かになりましょうぞ」

囂々《ごうごう》たる非難の声にアレクシは渋面を作り、大きく溜息をついた。

ちら、と横目で兄である国王トールを見ると、彼も難しい顔をしている。

重臣らの言うことも確かにもっともなことである。件《くだん》の蒸気機関というのは蒸気の力でタービンを回し、途轍《とてつ》もない力を得ることができる。蒸気機関車を動かすのも、飛行船を飛ばすこともその力で叶えられるのだ。

竜が生息していない国では、これまで戦においてかなりの不利を強いられてきた。飛行能力を持つというのは、戦闘において非常に有利である。

それゆえ、近隣諸国では代替になるような戦力の開発に躍起になっていた。その結果生まれたのが蒸気機関である。その近代的な装置をユミルナでも、という声が上がるのは至極当然のことだった。

アレクシヤやトールとて、けっして蒸気機関他の近代設備について非難しているわけではない。だが、ユミルナにそれらを持ち込むことに対しては否定的であった。

なぜなら――。

蒸気機関というのは蒸気の力によるものである。よって、燃料が必要であり、その燃料として効率的なのは石炭であった。例えば燃料として木材を用いるには火力が足りない。やはり石炭を燃やさねば、強い力は生まれないのである。そして石炭を燃やすとなると空気が汚れてしまいかねない。

大気が汚染されては、竜が生息できなくなってしまう。竜への環境の影響が甚大だと、竜を大事にしているユミルナとしてはやはり消極的にならざるを得なかった。

ことにフレイ山は世界でも数少ない竜の生息域であるため、蒸気機関が排出するガスの影響などが、学者の間で懸念されている。

またかつての神官の襲撃事件――いわゆる神殿の悲劇――以来、新しい竜が生まれないという状況もある。

このまま蒸気機関を採用しては現在生息している竜にまでいたずらに害を及ぼしかねず、それでは生息数が減る一方になってしまう。

竜を保護する意味もあり、トールもアレクシも蒸気機関の採用は見送っていた。

「――石炭を燃やす際に発生する煤《すす》や、他の煙が竜にとって有毒であるため我が国では蒸気機関については使用しない、と常々申しているはずだが」

このセリフも何度言ったことか。

おそらくここにいる者も耳にたこができるほど聞いているはずだ。同じ議論を何度も何度も繰り返しているが、それでも納得がいかないのだろう。

(皆の気持ちもわからないではない……が)

アレクシとて頭でっかちではない。彼らの言いたいことはよく理解できる。

しかも最近では、ユミルナ国内に竜騎士団の存在意義を問う者が多くなっており、便利な蒸気機関を採用しない不満から近代化をすべきだという運動が若者を中心に興っていた。

「おそれながら申し上げます」

割って入ったのは、宰相のザレスであった。

「なんだ、ザレス」

トールが声をかける。

「現在、ユミルナはまだ他国に比べ劣っているとは思えません。しかし、こうしてファバルやチュリンなどが力をつけてきている以上、いくら自慢の竜騎士団といえど敗北を喫する可能性は高いと存じます。なにしろ相手は機械。生物である竜と違って、いくらでも替えが利くものでございます。竜は怪我をしてしまえば生命の危機がありますが、機械であれば部品を替えればすむこと」

滔々《とうとう》たる説明に重臣らも、うんうんと頷く。

「ましてや、竜もかつての事件以来、繁殖ができておらぬではないですか。新しい竜が生まれない以上、現在活躍している竜は老化し、いずれは戦えなくなって、絶滅の一途を辿るのは明白。いくら竜の寿命が長いとはいえ、今いる竜も衰えはじめていると考えておかしくありません。敗北してからでは遅いのです。そのときになって、さあ、では蒸気機関に移行しようとしたところで、既に他国に遅れをとっておりますゆえ、対策が後手後手に回る未来しか見えませぬ」

ザレスはトールやアレクシの顔を見ながら、そう口にした。

「このまま竜に頼っていては、産業もすべて衰退いたします。国民に貧しい暮らしを強いたくないのであれば、今こそ蒸気機関を採用し、移行すべきと存じます。他国では既に高速飛行船の開発も進められております。このままではユミルナはいずれ滅ぼされかねません。死にゆく生き物のことなど考えても詮無きこと。——陛下、まだ今なら間に合います。何卒《なにとぞ》皆の意見もお聞き入れくださいますよう」

慇懃《いんぎん》にザレスは頭を下げたが、アレクシはその彼を冷静な目で見つめていた。

このザレスは近代化へ積極的ないわゆる革新派である。ユミルナの古い貴族の出身であり、王立大学で優秀な成績を修め、貴族院議員を経て宰相に抜擢《ばってき》された男だ。

彼は非常に優秀で、外国への留学経験を持つことから、蒸気機関への造詣も深い。ユミルナが今以上に豊かな暮らしを得るためには近代化をすべきであると主張し、それゆえ現在の竜騎士団という存在については否定的である。宰相という立場上、トールやアレクシの前ではあからさまにそれは口にはしないが、竜はもう絶滅してしかるべきという極論を口にしているとも聞いた。

「ザレス殿、それは……！」

声を発したのは大臣の一人であるコンツェンであった。

「なにかご意見でも」

ザレスは声を発したコンツェンへ向けて、じろりと睨《にら》みを利かせる。

「い、いや、その……ユミルナにとって竜は特別……神聖なもの。それを自ら滅ぼしてしまうような真似は……天の怒りが……その……」

コンツェンはザレスに睨まれているせいか、額の汗を拭いながらしどろもどろな口調で言う。

「天の怒りですか」

ふん、とザレスは鼻を鳴らした。

すると方々から「そうだ！　天がお怒りになるに決まっている！」と声が上がる。

実は臣下のすべてが革新派というわけではない。

ユミルナの歴史は竜とともにあり、否定すべきではないという意見が重鎮や大臣はじめ、世間ではまだ多数ある。いわゆる穏健派であり、どちらかというとこちらのほうが数は多いのだが、いかんせん革新派は声が大きく、そのため穏健派は陰に隠れがちであった。

声は大きくないが、竜が天の使いであるというユミルナの竜伝説を信じる者は、今でもやはり多い。ことに年配の者は蒸気機関など必要ないと言い張っている。ユミルナでは年配者の言葉が尊重されており、革新派がいまだ強行手段に出ないのはそのためであった。

ザレスは不満げに小さく息を落とすと肩を竦めた。

「そもそも、まだ石炭の煙が竜にとって忌むべきものという確証はありません。それはさておき……」

ザレスはコンツェンから視線を外し、今度は朝議に参加している者すべてを見回し、口を開く。

「伝説は伝説であります。ユミルナの竜伝説などただの言い伝え。単に私たちが竜を使役している、それだけが事実です。それゆえ、竜が絶滅したところで、動物の一種が絶滅した、ただそれだけに過ぎません。……天の怒りなどあり得ない！　そんな非科学的な迷信を信じるから、ユミルナは発展が閉ざされるのです。蒸気機関があれば、もっと豊かな暮らしを国民に与えることができる……！」

強い口調でザレスは言い切った。

彼の持論に閣議の出席者の半分ほどは頷き、残りの半分は俯《うつむ》いて聞いていた。俯いていた者はおそらくザレスが述べた改革へ理解を示す一方、非科学的な迷信を信じたい気持ちもあるのだろう。なにしろそれはユミルナの民として、それこそ骨の髄まで染みこんでいる。

ザレスの主張もわかるがユミルナにとって、竜というのは切っても切り離せない。それはユミルナの国民としての根幹のようなものだからだ。

だが、ここで言い合いをしていたところで埒《らち》が明かない。

「ザレス殿」

トールがなにか言おうとしたのをアレクシが制し、代わりに口を開いてザレスの名を呼んだ。

「アレクシ殿、なにか」

キッと睨むようにザレスはアレクシへ視線をやる。

「ザレス殿のお考えはよくわかりました。しかし、一刀両断に竜を不必要と言っても理解は得られないでしょう。ザレス殿の言うとおり、ただの迷信に過ぎないかもしれない。けれど迷信ではない可能性もまた否定できないことです。なぜなら、あの事件までは確かに神官――紋章持ちは機能していたから。紋章持ちが存在し、竜とともにあった。そして竜が我々に力を貸してくれたからこそ、現在の我々ユミルナの国があるのです」

いささか興奮気味で語気が荒いザレスに対し、アレクシは冷静な口調で凛然《りんぜん》と述べた。それはザレス一人に向けたものではなく、この場にいる大臣らすべてに語りかけているようだった。

竜という生き物はただの動物ではない。

天が遣わした神聖な生き物である。アレクシはそう信じて生きてきたし、だからこそ竜騎士になると決めた。

「ですが、おっしゃるとおり、あの悲劇以来竜の繁殖力は衰えました。新たな竜が生まれていないのも事実です。竜の老齢化も深刻で、どうにかしなければなりません」

朗々たる声でアレクシは口を挟む隙を見せず、話を進める。

「また、石炭を燃やすことにより排出される煙などの影響についても、調査が必要だと考えます。有害であれば……やはり竜をいたずらに絶滅に追い込むようなことはしてほしくない。それは我が竜騎士団としての総意でもある。ただ、ザレス殿のおっしゃるように竜だけに頼り切ったがために、国民を辛い目に遭わせることは本意ではない。それはおわかりいただきたい」

アレクシがそう言ったとき、トールが続けるように言葉を放った。

「ザレス、しばし猶予をもらいたい。先ほど、ある者から申し出があったところだ」

その言葉にザレスは怪訝《けげん》な顔をした。

「申し出ですと？　いったいどういう」

「おぬしもよく知っている者だ。ランヴァルドという男だが、彼が環境と竜の関係について調査研究をしたいと手紙を寄越してな」

ランヴァルドという名を聞いて、ザレスはピクリと眉を上げる。

「――確かによく存じております」

「うん、ランヴァルドもそう言っておったよ。ザレスとは学生時代、首席を争ったと」

トールがにっこり笑いながら言うと、ザレスは苦虫を噛《か》み潰したような顔になった。

どうやら彼らの間にはなにかあるらしい。が、トールはそれを無視して続ける。

「ランヴァルド――彼は現在王立大学の教授だというのは知っているかな？」

「………ええ。竜の研究の第一人者ということのようですね。ですが、しばらくユミルナを出て、外国へ調査に行っていたのでは」

「おお、そこまで知っていたのか。では話は早い。そのランヴァルドが帰国してな、じっくり腰を据えてフレイ山を調査したいというのだよ。どうやら他国の竜とフレイの竜とは性質が異なっているらしいのだ。その相違がなにに由来するのか、特に環境における影響があるのでは、とランヴァルド殿は考えておられるようだ。なにしろフレイは標高が高く、険しい山だ。その山を好んで棲むことにその原因があるのではないかと。――とまあ、そういうことであるゆえ、調査が一段落ついてからでも、今後について議論するのは遅くないと思うが、どうか」

　この調査研究については、この朝議の直前に決まったことだ。

　王立大学の教授であるランヴァルドが、つい数日前にフレイ山の調査依頼を願い出てきた。竜の今後を憂いていた現状を打破したかったユミルナとしては、渡りに舟である。

　それゆえ、一も二もなくトールもアレクシも賛成した。

　蒸気機関は環境破壊を起こしかねないという意見は常々議論の場に上がっていた。

　燃料を燃やすことにより黒い煤が吐き出され、それが付着すると木々の葉を枯らすという報告もあった。竜はきれいな空気と澄んだ水が必要な生き物である。

　そのため環境がどの程度竜に影響があるのか、両者の関係性がわからない以上、他国の尻馬に乗るのはいささか早計というものである。それゆえ、ランヴァルドという竜研究の第一人者からの要請は諸手《もろて》を挙げて歓迎すべきことであった。たとえすぐに結論が出ずとも、ユミルナの今後についてある程度の方向性は見いだせるだろう。

「……陛下の仰せのままに」

　そう言うザレスの表情は芳しくはなかったが、これ以上トールの気持ちは変えられないと悟ったのか、おとなしく引き下がる。

「すまぬな。ザレスの気持ちは痛いほどよくわかる。おぬしがこの国の将来を思うがゆえにあえて厳しい言葉をくれているのも承知している。だが今しばらく……しばしの間、待っていてくれないか」

「――御意」

やはり変わらず硬い表情のまま返事をすると、ザレスは後ろへ下がった。

「ではアレクシ、ランヴァルド殿のことはよろしく頼む」

調査の間、ランヴァルドは比較的フレイ山に近いアレクシの屋敷に滞在することになっていた。

「かしこまりました」

アレクシが恭しく一礼したのを合図に、閣議はお開きとなったが、やはり一部の者には苦々しい表情が貼りついていた。

不平を漏らす重臣らを横目に見ながら、アレクシは閣議の間を後にする。隣にある控えの間に入り、誰もいないのを見計らって、大きく息をついた。

実は、この場では口にしなかったが、ランヴァルドの調査はトールが述べたことだけではなかった。彼は並行して、紋章を受け継ぐ者を捜しているという。

ランヴァルドによると、竜の力を覚醒させられる者が件の神殿の外にもいるのではないかということであった。神殿にいた者の中で、あの悲劇の前に国外に出て行った者がいれば、能力を持つ者はまだ途絶えていない可能性がある。

件の事件で神官がすべて殺害されたことで、竜本来の力も封じられてしまったと考えられていたが、もし本当に能力を継いでいる者がいるなら、再び竜の力を目覚めさせることができるのだ。

今回ランヴァルドが腰を据えて捜索にあたるということだが、事件後すぐに、ユミルナでは紋章の持ち主を探したことがある。が、そのときは紋章を宿している者を見つけることはできなかった。

無論、フレイ山で捨てられていたエイノも一時は紋章の持ち主では、と期待をかけられたことがあったのだ。というのも捨てられていた彼の側にはヒンメルという子どもの竜がいたし、なにより彼を発見したのが事件のあった神殿からそう遠くないところだったからだ。もしかしたら紋章を宿しているかもしれないと、はじめに彼の身体を探ったが、紋章は身体のどこにもなかった。

　そのためエイノはただの孤児として扱われ、教会にある孤児院に引き取ってもらう手はずを整えていた。もし彼を拾ったのがアレクシでなければ、きっとそのまま孤児院で過ごしていたことだろう。

（今のエイノのように学校へ通えたかどうかもわからなければ、どんな青年になっていたのかすら想像もつかないな）

　エイノのことを思い返し顔が緩むが、紋章の持ち主が不在というのは非常に深刻な事態だ。

　今のユミルナは竜騎士団に代わる戦力を作り上げるか、でなければ紋章を宿す者を見つけなければならない。いずれにしても対策は急務であることに変わりない。

　ザレスらの主張ももっともで、トールやアレクシにとってはとても頭の痛い問題である。

　それゆえ、ランヴァルドの調査に期待しているのである。

　また、期待をかけるのは紋章のことだけに限らず、他にもあった。ザレスをはじめ多くの国民は竜が優れた戦闘力を有しているだけの生き物だと思っているはずだ。だが、ランヴァルドの最近の研究ではそれだけではないことがわかっている。

　というのも、竜の山フレイではかつて、マデュライトというダイヤモンドよりも硬い貴石が採取されたのだが、近年――ちょうど竜の繁殖が滞りはじめた頃からその採取量は激減している。

　それまでは比較的安定して採取できていたのが、今ではほとんど採れなくなり、価格は高騰を極めていた。

マデュライトを刃先に仕込んだ剣はなによりも鋭く、そして鉄を斬ってもまったく刃こぼれすることがない。また、この鉱石には不思議な力があり、鉱石を浸した水で毒などを浄化することができる。

そのためユミルナの民には必要な石なのである。

この国が強い理由は竜だけでなく、このマデュライトの力もあると言える。だが、その石が採れなくなったとなると、これまた由々しき事態である。

ランヴァルドはこのマデュライトも竜に関わっているのではないか、とそう提唱しているのだった。

いずれにしても彼の研究が今後のユミルナの行く末を左右しかねない。突然飛び込んできたこの来訪者が果たして吉と出るか、凶と出るか、と思いながら、アレクシは今日の議事録を眺め、そして独りごちた。

「久しぶりの客人だ。いい刺激をもたらしてくれることを祈ろう」

件のランヴァルドはアレクシも顔見知りである。彼は貴族の出であるため、そこかしこのパーティーで顔を合わせることがあった。独特の雰囲気を持つ彼とは数回話した程度だが、明るく気のいい男である。

「まあ、少しは屋敷も賑やかになる。あれでレンナルトは屋敷に客が来ると喜ぶから、張り切ってもてなすだろう。ああ、そうだ。客間を整えるように言わなければな」

基本的にアレクシの屋敷は客人が多いほうではなく、時折アレクシの部下などが訪ねてくる程度だ。アレクシ自身、いつも外を飛び回って留守にしているせいなのだが。主人の留守に訪れる客もいないということで、思い出す限りここ数年は客を迎え入れていなかった。

レンナルトは意外に社交好きであり、いそいそともてなすための準備をするに違いない。コックのハンスもここぞとばかりに腕を振るうはずだ。きっと来客は新鮮な風を屋敷にもたらしてくれる。この春は楽しくなるな、とアレクシは期待に胸を膨らませた。

それに、とアレクシはエイノの笑顔を思い浮かべた。

エイノは学校へ行っているものの、普段は自分たちとしか話をしない。もっと彼の見識を広げてやりたいとは思うが、仕事に忙しくそこまで手が回らないのが現状である。

しかし、しばらくランヴァルドが滞在するなら、エイノにとっても楽しい時間を過ごせるに違いない。明るく話し好きであるランヴァルドの来訪で、エイノの世界はもっと広がるはずだ。

「エイノも喜んでくれるといいが」

ぼそりと呟くと、背後から突然クスクスという笑い声が聞こえた。

振り返ると、トールがニヤニヤとした笑いを顔に貼りつけて、アレクシの後ろに立っている。

「陛下」

とうに自分の居室へ戻ったと思っていたトールがそこにいて、思わず目を丸くした。

「ここには誰もおらぬ。堅苦しいことは抜きだ」

トールという王はとても気さくな人である。一国の王ではあるが、どの人間にも等しい態度を取る。それが一介の市民でも、貴族でも、態度を変えることはないのである。そこがアレクシには非常に好ましく、尊敬している部分のひとつであった。

「では兄上、なにがおかしいことがありましたか」

アレクシにしてみれば、なぜ笑われたのかわからず、首を傾げて訊《き》く。

独り言は言っていたが、それほどおかしいことは言っていなかった気がする。

「いやいや、すまない。相変わらずおまえはエイノのことしか頭にないのだなと思って、つい」

クスクスとやはりおかしそうに笑いながらトールは言う。それを聞いてアレクシは苦笑いを浮かべた。というのも、トールの言葉は図星だったためで、反論のしようもなかったからだ。

「ときに、エイノは元気にしているのか」

この気さくな王はエイノのこともよく知っている。もちろん、アレクシがエイノのことを可愛がっていることも合わせて。

「ええ。元気でいますよ」

「そうか。あの子が学校に通うようになってから、顔を合わせる機会も減ってしまったからな。そのうちまた話でもしたいものだ」

「ありがとうございます。エイノもきっと喜ぶかと」

「すっかりいい青年になったことだろう。十八年……ああ、そういえば、そろそろ誕生日ではないのかな？」

「はい。再来週が誕生日になります」

エイノの誕生日は、アレクシが彼を森で見つけた日としている。

あれから十八年にもなるのか、とトールに答えながら感慨深い気持ちになっていた。

「十八か。あの子はいい子だ。すぐに可愛いお嫁さんを連れてくるだろうね」

その言葉にアレクシはどきりとした。

確かに十八歳ともなれば、いつ結婚してもおかしくはない年頃だし、先日自分もエイノに同じことを言ったような気がする。だが、トールに言われると、動揺してしまった。

いつまでもエイノが側にいてくれるとは限らない。あのとき彼は、竜の世話があるし、仕事が好きだからそういうことは考えられないと言っていたが、アレクシを前にして本音を語らなかっただけだとしたら。

「……そうかもしれませんね」

動揺を隠しながらも、上擦った声音で答えると、トールはまた笑う。

「なんだなんだ。一人娘を嫁にやる父親の気分にでもなっているのか」

「兄上……」

「いや、違うな。恋人を取られた男の顔をしているぞ」

にやりと笑いながら揶揄うトールの言葉にやはり苦笑する。これもまた否定できないことだった。

「私はおまえがおまえの好きな道を選べばいいと思っているよ」

トールは含みのある言葉をアレクシに言い置き、肩をひとつ叩いて部屋を後にした。

いつになく疲れた、と思いながらアレクシは馬を走らせ、帰路についた。閣議でも革新派の影響は如実に表れており、そちらのあしらいも厄介なことだ、と溜息をつく。また――。

――恋人を取られた男の顔をしているぞ。

トールに言われた言葉が存外に響いていた。まさか、とアレクシは心の中で否定をする。

（エイノは確かに可愛いが、恋人とは……だが）

自分の抱いている気持ちがよくわからないまま、屋敷に到着してしまう。

「おかえりなさいませ！」

エイノが弾けるように飛び出して、城から戻ったアレクシを出迎えてくれた。

「ただいま、エイノ――おや、随分いい匂いがしているね」

エイノが側に寄ると、ふんわりと、花の匂いがしている。とても心地いい香りだ。

アレクシの言葉にエイノはパッと顔を赤らめる。

ふと見ると、エイノの肩からひらりと一枚の花びらが落ちた。薄い紅色をした大きめのその花びらは、屋敷の庭に植えられているマグノリアのものか。

「マグノリアかな」

花びらを拾い上げて、エイノに話しかける。

「はい。今日は一気に花が満開になって……」

途中で会話を切り、もじもじとしているエイノにアレクシが「どうかしたか」と声をかけた。

「……その、アレクシ様がこの時期になると、マグノリアの酢漬けが食べたいとおっしゃっているから……」

マグノリアの酢漬けはアレクシの好物だ。

甘い酢に漬けたマグノリアは酸味の中に花の香りがあって、茹《ゆ》でた野菜や焼いた鶏《とり》の付け合わせにするとてもおいしい。ことにマグノリアの花の香りは優雅で、春を特に感じることができるのだ。

春に咲いた花を摘んで酢漬けにするのだが、マグノリアの花は木に登らなければ取ることができないため、いつも面倒になって忘れてしまうのだ。散って落ちた花では傷んでしまって、食べるのには適さない。新鮮な花びらを得るには木に登るしかないのである。

そうか。毎年こうしてマグノリアをエイノが摘んでくれていたらしい。花の香りを身体にまとうほど長い時間。

「ありがとう、エイノ。好物を覚えていてくれたんだね」

微笑みながら礼を言うと、彼は恥ずかしそうに小さく笑った。

ほんのりと赤く染まった頬が、まるでマグノリアの花のようでとても可愛い。

「アレクシ様の好みのものは全部覚えています。……マグノリアの酢漬けも、ちゃんとハチミツを入れていますよ」

「ほう、ハチミツも入れてくれたのか。それは食べるのが楽しみだ」

「たっぷり作ったので、たくさん召し上がってくださいね」

言いながら、エイノは「それじゃ、僕厨房に戻ります」と踵《きびす》を返した。

「――そうだ、エイノ」

数歩エイノが進んだところでアレクシは彼の背に声をかける。

「なんでしょうか」

エイノが振り返った。

「来週からしばらく屋敷にお客様が滞在する。王立大学で教鞭《きょうべん》を執っておられるランヴァルド教授だ。教授といってもとても若くて気さくな方だし、特別気を遣うような人ではない。話し好きだからきっと楽しい話を聞かせてくれると思うよ。ただ、教授の身の回りのお世話をしてもらうことになるから、よろしく頼む」

「大学の先生がいらっしゃるのですか……！」

エイノは大きな目をさらに大きく見開いた。

勉強が好きなエイノのことだ。きっと興味が湧いたのだろう。

「ああ。ランヴァルド教授は、ユミルナの竜のことを調べていてね。竜が繁殖しなくなった理由や、環境のことやそういった様々なことを調査しにいらっしゃる。ここには竜舎もあるし、フレイ山にも近いからな。当分……そうだな、ひと月やふた月はいるかもしれない。エイノもたくさん話を聞くといい。きっとおまえのためになるはずだ」

「アレクシ様……」

エイノがうれしそうに目を輝かせているのを見て、アレクシはランヴァルドをこの家に招いてよかった、と思う。

見識を広げることは、今後の彼にとって糧になるはずだ。自分はいつでもエイノのためになにかしたいのに、普段からあまり彼は我《わ》が儘《まま》を言わないため、なにが望みなのかわからないことがある。

　だから、ランヴァルドの滞在でエイノが喜んだことは素直にうれしかった。

「エイノは勉強が好きなんだろう？」

「は……はい。好きです」

「大学へ進むつもりはないのか？」

「だ、大学なんてとんでもない……！　今だって十分……学校にも通わせていただいているのに、これ以上は……」

　遠慮を口にし、ぶんぶんと大きくかぶりを振る。

「なにを言っているんだ。学校の成績はかなりいいのだろう？　学校の先生も歴代の首席も顔負けの成績だと褒めていらしたよ。おまえさえよければ、大学に進んだって構わない」

「そんな……もったいない……」

「まったくおまえときたら奥ゆかしいというかなんというか。……まあ、こういうことはゆっくり考えればいいが。ああ、そうだ。じきにランヴァルド先生がいらっしゃるのだし、大学がどういうところかお聞きすればいいだろう。エイノは私にとっても家族と同じようなものなのだし、おまえが望むなら大学へ行かせるくらいのことはしてやりたい」

　彼がいつも熱心に本を読んでいるのをアレクシは知っている。だが勉学に対する意欲があるのに、使用人の立場では贅沢《ぜいたく》を言ってはいけないと彼は思い込んでいるらしい。

　遠慮せずともいいのにと思うが、謙虚なところは彼の美徳のひとつでもある。

――かつて、森の中でか細い声で身体を震わせ、必死に泣き声を上げていた彼を、衝動的に引き取ると言い張って連れて帰ってきたものの、果たして本当にそれでよかったか、とアレクシはいつも己に対して問いかけていた。

十八年前、エイノを教会に預けずに屋敷に連れてきたのは、森の中で生きたいとばかりに精一杯声を上げようとしていた、そのいたいけな存在を教会へやりたくないというだけだった。

当時は、まだ自分自身成熟していたとはいえない、それどころか王族に連なる血筋ではあるものの、ようやく騎士の仲間入りをしただけの小童《こわっぱ》に過ぎなかった。

だが――。

どれだけ泣いたのかわからぬほど、赤ん坊のエイノはアレクシが抱き上げたときにはすっかり弱り切っていた。それでも差し出したアレクシの指を彼は握ったのだ。

もしかしたら安心したのかもしれない。人の体温を感じてほっとしたのかそうでないのかはわからないが、彼はアレクシの顔を見て泣き止み、そして微笑んだのだった。

そのとき、エイノに指を握られ笑いかけられたことで、どうしようもなく愛《いと》しさが募った。

この子を誰かの手に委ねるということをしたくなかったのである。

だから理屈を捏《こ》ねて引き取ることにした。

側にヒンメルがいたことも幸いした。エイノは神官にゆかりの者である可能性が捨てきれない、と主張し自分の屋敷へ連れ帰ったのだ。

以来、目の中に入れても痛くないほど可愛がっている。

今にして考えてみると、たぶんその頃からどうしようもなく惹《ひ》かれるものがあったせいだろう。それが証拠に成長してきれいになったエイノが眩しくてたまらない。

先ほど、帰宅した自分に向けて飛び出してきた彼を抱きしめてキスをしそうになってしまっていた。

すんでのところで理性を働かせたものの、危ないところだった、と内心で焦りを覚える。

それほど、今のエイノはアレクシの心を容易に動かす。

だからいつか、彼が恋人を紹介する日が来るとしたら——あまり考えたくはなかった。トールにエイノの話をしたときに、恋人を取られた男の顔をしているぞ、と言われたが、あれはそのとおりだったのかもしれない。エイノに恋人ができることを考えるだけで胸が痛む。

その内心を隠すように、アレクシは話題を変える。

「ああ、そうだ。陛下がまたそのうちエイノに会いたいと言っていた」

「ありがとうございます。僕もまたお目にかかれたらうれしいです」

にっこりととびきりの笑顔を向けるエイノをアレクシは目を細めて見る。

エイノも自分のことを憎からず思っていることはなんとなく察している。ただ、彼は奥手で、真《ま》っ直《す》ぐでアレクシを信頼しきっている。きっと自分のことは兄のように慕っているだけに過ぎないのだろう。勘違いをしてはいけない。アレクシは自分にそう言い聞かせた。

第三章

「ようこそいらっしゃいました」

主人のアレクシは遠方からの客人を笑顔で迎えた。

学者のランヴァルドがカールフェルトの屋敷にいよいよやってきたのである。これで竜の研究も一歩前進するだろうと、アレクシもエイノも期待に胸を膨らませていた。

「ご無沙汰しております、アレクシ殿。このたびは私の研究に多大なご尽力を賜り、ありがとうございます」

ランヴァルドはアレクシに深々と頭を下げ丁重な挨拶《あいさつ》を述べた。

彼が持参してきた荷物はかなりのものだった。腰を据えて研究、となればいきおい所持品も増えるものなのだろう。とにかく書物の多さにアレクシも目を瞠《みは》った。

少々変わったところがある、という噂は聞いていたが、一見どこにもそんな様子は見られず、おっとりと穏やかな印象がある。

それより驚いたのはランヴァルドの容姿だった。アレクシより年上の彼は、とても気品があり、美しい。大学教授というが、社交界でもおそらく女性が放っておかないだろう。アレクシとはまたタイプの違う美形で、アレクシには美丈夫という言葉がふさわしいが、ランヴァルドは華麗、という言葉しか出てこない。

きっと大学でも評判なのだろうな、とエイノはアレクシの後ろから彼の姿に見とれていた。

「ランヴァルド先生、堅いことは抜きにいたしましょう。私のことは気軽にアレクシとお呼びください。どうかご自宅と思って気楽にお過ごしいただきますよう。要望があればいつでもこの家の者に言いつけてください。――エイノ、先生をお部屋にご案内して」

「はい。ランヴァルド先生、こちらへどうぞ。お荷物、お持ちいたします」

エイノはランヴァルドの側へ駆け寄ると、彼の持っていた革鞄を受け取ろうとした。

「いやいや、自分の荷物くらい自分で持ちますよ。それに……エイノくんと言いましたね。きみより私のほうが力持ちでしょう」

ふふっ、とランヴァルドは悪戯《いたずら》っぽく笑った。まるで子どものような笑顔だ。

「いえ……！　そんな。お客様にそんなことをさせるわけには」

「いいからいいから。いつも部屋に籠もっていますからね。こんなことでもないと身体を動かす機会もないんですよ。少しは私に運動をさせてください」

茶目っ気たっぷりのランヴァルドにエイノは困惑してしまう。

仮にも彼の身分は伯爵位だ。おまけに客に荷物を持たせてしまうなんて、と困ったようにアレクシのほうを見た。

「エイノ、先生がそうおっしゃっているんだ。お言葉に甘えなさい。さ、早く部屋にご案内して。食事の時間が遅くなってしまうよ」

「……はい。——では、先生、こちらです」

エイノはランヴァルドを彼が逗留《とうりゅう》する部屋へ案内する。

そこはこの屋敷でもエイノが一番気に入っている客間だ。日当たりがよく、そして窓からの景色がとてもいいのである。朝日がフレイの山へと昇っていく様は神々しいとさえ思ってしまう。

「ああ、とてもいい部屋ですね。朝日が気持ちよさそうだ」

ランヴァルドがこの部屋を褒めてくれた。おまけに一番の見所だと思っているところに注目してもらえてエイノは満面の笑みを浮かべる。

「ありがとうございます！　そうなんです。朝日が昇ってくるとフレイの峰が輝いて、万年雪のある頂がキラキラするんです。それが本当にきれいなんですよ」

「なるほど。それは楽しみですね。——ときに、エイノくん」

「はい」

「アレクシ殿……いや、アレクシと呼んでほしいとおっしゃっていましたから、遠慮なくアレクシと呼ばせていただこうかな。アレクシがきみはとても竜に詳しいと言っていましたが」

「その……詳しいというか、僕は毎日竜たちの世話をしているので、きっとアレクシ様はそうおっしゃったのだと思います」

「ほう、竜の世話を。では早速明日、きみの仕事を見せてもらってもいいでしょうか」

「はい。アレクシ様からランヴァルド先生に極力ご協力するようにと。そう申しつけられておりますので、いつでもどうぞ」

アレクシがランヴァルドのことを「気さく」と言っていたとおり、彼は身分など関係ないとばかりにエイノに話しかけてくる。

軽妙な語り口の明るい彼のことを、初対面にもかかわらずエイノも好ましく思っていた。

もとより、アレクシがこの屋敷に滞在を許した人間だ。悪い人であるわけがない。

「いや、実に楽しみだ。……このフレイの山に棲む竜たちの生態については、まだわからないことが多くてね。これからじっくり調べられるかと思うとワクワクしますよ」

「僕も竜たちが大好きなのでお役に立てるならうれしいです」

二人でそんな話をしていると、窓の外から「キュー、キューウ」と馴染みのある微《かす》かな声が聞こえてきた。

「？　あの声は？　鳥……の鳴き声かな？」

エイノはその声を聞いてハッとした。

あれはヒンメルの声だ。今朝はこちらの支度にかかりきりになっていたので、ヒンメルにあまり構えていなかった。きっと寂しくなってエイノのところにやってきたのだろう。

普段、この屋敷には客が来ることは滅多にないから、ヒンメルのことまで気が回らなかった。

「あっ、あの、あれは……」

エイノが説明しようとすると、ランヴァルドは窓を開けて外を見た。部屋のちょうど真下にヒンメルの姿が見える。

「おや、あれは子どもの竜？　白竜とはまた珍しい」

「はい。ヒンメルと言います。正確には子ども……というわけではないのだと思いますが……。僕が世話をしていて、いつも一緒にいるのですが、きっと寂しくなってこちらまで来てしまったんだと思います。僕の管理不足ですみません」

いくら竜のことを調べると言っていても、こんなところまで竜がやってくるとは思わなかっただろう。いくら子どもとはいえ、屋敷にまで竜が入り込むのは、失礼に当たるのでは、とエイノは謝った。

だが、ランヴァルドは憤慨するわけでもなく、むしろ逆の反応を示した。

「謝ることはありませんよ、エイノくん。むしろ私は喜んでいるくらいです。フレイで起こったあの悲劇で紋章持ちの力がなくなって以来、繁殖ができなくなってしまってから、子どもの竜に接することがありませんでしたからね。あの竜はとても貴重ですよ。私はあの子と会うことはできるかな」

ランヴァルドは目を輝かせて、外にいるヒンメルをじっと見つめながら無邪気に喜んでいた。

「もちろんです。きっとヒンメルも喜ぶと思います」

ヒンメルはとても人懐っこい。きっとランヴァルドのことも気に入るはずだ。

「素晴らしい。アレクシに礼を言わなければなりませんね。とても充実した調査が行えそうですよ。ところでエイノくんはあの子を子どもというわけではない、と言っていましたね。どういうことなのですか？」

「あの……ヒンメルは……実は僕は十八年前に森の中で捨てられていたのだそうですが、それをアレクシ様に救っていただいて、こうして使用人として雇っていただいています。その捨てられていた僕の側にヒンメルがいたらしいんです。でもあの子はそれから成長していなくて……だからもう十八年あの姿のままなのです」

「ふうむ……竜は長生きではあるが……成竜になるのは比較的早いと思っていた。もしかして十八年前というのは——」

「はい、神殿の悲劇の直後だったそうです」

それを聞いたランヴァルドは驚いた顔をし、そうしてすぐになにか考え込むような素振りを見せた。

「そうか……いや、非常に興味深い。あの事件で神官を失った……そのことが竜の成長になにか影響を与えたのかもしれないですね。ますます楽しくなってきましたよ。来てよかった」

傍《はた》から見てもウキウキとし、子どものように浮かれているランヴァルドのことをエイノはさらに好ましく思う。

大学というのはこのランヴァルドのような先生がたくさんいるのだろうか。だとしたらきっと楽しいところに違いない。

アレクシとランヴァルドが食事の間、エイノは厨房の手伝いをしていた。たいていはこうして厨房の手伝いをしながら、夕食を摂《と》る。いつもアレクシがいるときには一緒に食卓に着くのだが、今日はランヴァルドがいるため、エイノの出番はない。少し寂しいと思っていると、レンナルトがエイノを呼んだ。

「エイノ、アレクシ様がお呼びです」

「アレクシ様が？」

「ええ。お話があるそうですから、早く行ってらっしゃい」

なんだろう、とエイノは食堂へと足を向ける。

するとアレクシとランヴァルドはティーカップを傾けながら和やかに話をしていた。

「アレクシ様、お呼びですか」

声をかけるタイミングを窺《うかが》いながら、エイノは口を開く。

「ああ、エイノ、ここに座りなさい」

そう言われて、促されたのはアレクシの隣の席。

彼の隣に座るというのは滅多にないことで、エイノはドキドキとした。食事をともにするときも大きな食卓の向かい側に座るため、こんな近くに、と思ったのだ。

だが、言いつけどおり、エイノはアレクシの隣に座る。

「ランヴァルド先生の調査の間、おまえに助手を務めてもらいたいと言うことなのだが、了承してくれるか？」

「え？」

思わずアレクシの顔を見て目を瞬《またた》かせた。

そこにランヴァルドが割って入る。

「ぜひエイノくんに私の研究の手伝いをしてもらいたいと思いましてね。さっきのヒンメルくんもそうだが、近くで竜の世話をするきみが一番詳しく、彼らの気持ちを理解できているのではないかとアレクシも言いますし。どうだろう、きみが学校から帰ってきてからの時間でいいから頼めないだろうか」

熱心に頼み込むランヴァルドに、エイノはすぐに返事ができなかった。アレクシはこの提案をどう思うのだろう。そう思って、そっとアレクシへ視線を向ける。

彼は、にこやかに笑って頷いていた。彼がよいならエイノに異論はない。彼の言うことならエイノはなんでも聞く。

「エイノもどんどんランヴァルド先生に勉強を教えてもらうといい。彼は王立大学きっての天才と言われた方でね、今の専門は竜についてだそうだが、知らないことはないと言われている」

そうなんだ、とエイノは改めてランヴァルドの顔を見る。

美しいだけでなく、天才とまでアレクシが言うのだ、本当にそうなのだろう。単なる無邪気な先生ではなかったらしい。

「僕は……アレクシ様が構わないならお手伝いさせていただきます。お役に立てればいいのですが」

エイノの返事を聞いて、ランヴァルドが満足そうに微笑む。

「やあ、これで私の研究は完成したも同然だ。エイノくんがいれば百人力だよ」

「先生、エイノは賢い子です。きっとお役に立てると思いますよ。本当は俺が山へも案内できるといいんだが、少々忙しくしておりまして……いや、申し訳ない」

「お気になさいませんように。多忙な竜騎士団長の手を煩わすのは本意ではありませんよ。好き勝手にやっておきますから、お構いなく。まずは騎士団に所属している精鋭中の精鋭の竜たちを拝見できればと思いますが」

「それはもちろん！　どうぞお好きなときにご覧ください。騎士団の竜の世話はエイノに任せておりますので、彼になんでも聞くといいでしょう。彼は竜の鱗の艶で、その日の体調がわかるくらいですからね。竜のことにかけては右に出る者がいないでしょう」

「それはますます心強いですね」

「エイノ、頼んだよ」

アレクシにそう言われては張り切らないわけにはいかない。

どうやらランヴァルドとアレクシは気が合ったようで、話に花が咲いている。同席しているエイノも二人の会話を聞いているだけで楽しかった。

次の日の朝、ランヴァルドを伴って、エイノは竜舎へ向かう。

「なるほど、湖の脇にあるんですね」

この竜舎はきれいな水を必要とする竜のため、湖の側に建てた。澄明《ちょうめい》な水をたたえた湖は竜たちの憩いの場である。水面《みなも》が日の光でキラキラと輝いていてとても眩しい。

「ええ。――それから、お屋敷からここまではそう離れていないので、なにかあってもすぐに竜舎へ駆けつけられるんです」

今日は天気がよく、何頭かの竜もここで休息を取っていた。

基本的に竜に対してそれほど手はかからない。高度な知能と理性、そして自我を持っているため、それぞれ自分自身の考えで行動をするからだ。

そのため必要なのは彼らの住環境を整えてやることくらいなのだが、実はそれが一番厄介でもあった。

人間には彼らの言葉がわからないため、不調なときや不満があるときに、こちら側には通じず彼らの機嫌を損ねてしまいかねない。なかなか気難しい質《たち》の竜が多いので、少しでも彼らの気持ちに寄り添ってやる必要があった。その点、エイノは彼らの世話をするためには適任だった。

幼い頃からエイノは彼らにとても気に入られていて、竜たちの心を穏やかにしてくれる存在であったのである。

「ほう、これは立派な」

エイノの案内で、湖のほとりにある竜舎までやってくると、ランヴァルドは感嘆の息を漏らす。

ランヴァルドが立派、と口にしたように、石造りの大きな建物である。神殿とも思えるような、宮殿の広間よりもずっと広い空間に竜がそれぞれ自由に過ごしていた。

もともと、竜という生き物は洞窟や地底などを棲処としていたため、静かな場所を好む。そのため音を遮断する堅牢《けんろう》な建物が必要だったのである。

ランヴァルドはこれほどまでに大きく、整備された竜舎は初めてのようで、好奇心をそそられたらしい。エイノのことなどほったらかしで、興味深げにあちこちを見て回っている。

そういえば、とエイノは「ヒンメル、どこ」とヒンメルを呼んだ。

今朝、ヒンメルの姿が見えなかったから、きっとここにいるのだろう。思ったとおり、シーヴの陰からひょっこり小さな白い竜が姿を現した。

「やっぱりここにいたんだね。ヒンメル、ランヴァルド先生だよ。きみを紹介してって言われたんだ。挨拶してもいい？」

エイノが言うと、ヒンメルは小さな足を小刻みに動かしながらランヴァルドの側に歩み寄っていき、彼の目の前でパタパタと小さな羽を動かした。これはいいよという意味だ。

「ヒンメルが、いいですよ、だそうです」

「ヒンメルくん、はじめまして。ランヴァルドと言います。きみのことを少し調べさせてもらえるとありがたいのですが」

ランヴァルドがヒンメルの目線に近くなるように屈《かが》んで挨拶をした。ヒンメルはどうやらランヴァルドのことが気に入ったようで、自ら彼の腕の中に飛び込んでいく。

「わっ、わわっ」

体当たりをされ、それがいきなりのことでランヴァルドはびっくりしたのか、その場に尻餅をつく。それがヒンメルには遊んでくれると思ったのか、しきりにランヴァルドに体当たりを仕掛けていた。

「ヒンメル、ダメだよ。ランヴァルド先生が困ってるってば」

エイノがヒンメルを抱き上げると、キュウ、と鳴いておとなしくなった。

「いやはや、少し驚きましたが大丈夫ですよ。抱かせてもらってもいいですか？」

「もちろんです。――ヒンメル、ちゃんとおとなしくしてね」

エイノがそう言い聞かせると、ヒンメルは小さく羽を動かした。おとなしくしているヒンメルをエイノから受け取ったランヴァルドはじっくりと白い子どもの竜を観察する。

見られているヒンメルは少し居心地が悪そうで、もじもじとランヴァルドの腕の中で身体を動かしていた。

「白い竜は珍しいんですか」

物心ついた頃から、自分の側にはヒンメルがいたからエイノには珍しいかどうかはわからない。その問いにランヴァルドは「ええ」と頷いた。

「実に珍しいですよ。文献を探しても白い竜の記載はほとんど見られません。ただ、白い竜は平和の使いであるとする他国の伝承もあるようなので、まったくいなかったというわけではなさそうですが」

「平和の使いですか！」

エイノはうれしくなる。

この子が、ユミルナの平和を守ってくれるならとてもうれしい。確かにヒンメルの姿は神秘的だ。白い身体に、青い瞳。平和の使いと言われてもおかしくない。

「最近国内も危なっかしい話を耳にしますし、ヒンメルくんが本当に平和の使いとして、私たちを守ってくれるといいのですが」

ランヴァルドの言葉にエイノは頷き、ヒンメルを見つめる。

「ヒンメル、きみが本当に平和の使いならいいのにな。――ねえ、ヒンメル、この国を……それからアレクシ様を守ってね」

エイノが話しかけると、ヒンメルはわかったというように、キュ、と小さく鳴いた。

第四章

「――国境付近が……？」

直々にトールに呼びつけられて登城したアレクシはその報告を聞いて渋面を作った。

なんでも今朝、ファバルとの国境近くで彼の国の兵が怪しい動きをしているという報《しら》せがトールの耳に入ってきたのだという。

「うむ。ファバル側が新たな武器を導入しようとする気配もある。高速の飛行船が開発されたという噂も後を絶たず、一度きっちり調査を入れようとは思っていたのだが……」

トールは大きな息をつきながら、困ったようにそう言った。

毎度のように革新派と穏健派が同じ議題でぶつかり合う朝議に続き、立て続けのトラブルで国王自身も疲れてしまっているのだろう。最近苦労が顔に出てきて、目の下にくまを作るようになってきた。

「なるほど。それで偵察に俺を、と……そういうことですか」

事態を飲み込んだアレクシがトールの思惑を代わりに口にした。

「団長のおまえ自ら出向くということに異論を持つ者もいるが……ここはアレクシ、おまえにしか頼めぬ。悪いがすぐにでも出立してもらえないだろうか」

トールの顔色は優れない。

最新鋭の武器を導入したという噂が本当なら、そんなファバルに攻め込まれてしまえばユミルナとしては防戦一方になるだけだ。それらがどういった性能なのかすらわからない以上、対策の施しようがない。

かといって、こちらとしても偵察以上のことはできないのである。

「御意。——では、支度ができ次第すぐにでも出立いたしましょう」

アレクシは恭しく返事をした。

すると外野から、「なにも竜騎士団長に赴かせずとも……」とひそひそと呟く声が聞こえた。

アレクシは声のほうをちら、と横目で見る。

声の主は、先日の朝議でも声高に蒸気機関をと主張した大臣であった。

揚げ足を取ることしか考えられないのか、とアレクシは内心で辟易《へきえき》する。

「俺が行くことに反対する者はこちらに来て正々堂々とそう言うんだな。俺を行かせたくないというのであれば、その代わりに行けばよい」

陰口を叩いた者のほうを見ながら、はっきりと張りのある声でアレクシはそう言い切った。

すると声を出した大臣がすごすごと身体を小さくしながら後ずさる。

（まったく、無能ががん首揃えて言うこととときたら）

呆れたように小さく息をつく。

「アレクシ、そこまでにしておけ」

トールがいなすように割って入った。

「――失礼いたしました」

深々とトールに向けて頭を下げる。ただし、陰口を叩いた大臣へは再度睨みを利かせた。

重臣らの中には、トールのことを面白《おもしろ》く思っていない者も少なからずいる。だが、アレクシは兄というだけでなく、心から国王としてトールのことを尊敬していた。

確かに穏やかな人柄は一見頼りなく思えるのかもしれない。しかし、トールは賢王である。少なくともアレクシはそう感じていた。

争いを好まない彼は、自ら火薬や血の匂いのするほうへ関わりたがらない。よって他国を征服しようとする考えは持っていなかった。国民を豊かに導く、それが彼の理念であり、そのことに対して骨身を惜しまず毎日働いているのである。贅沢は好まず質素ななりが王らしくないとよく噂されるが、アレクシにとってはそれがとても好ましい。

一方で、それを面白くないと思う人々は一定数存在する。野心もそれほどなく、蒸気機関も持たないどころか国土を広げようともしない王を物足りなく思っている反国王派が存在し、近年勢力を広げつつある。

懸念すべきは、その運動が革新派と結びついて若者を中心にじりじりと層を厚くしていることであった。

「では、支度がありますゆえ、これにて」

アレクシが踵を返し、トールの前から下がる。

すぐの出立であれば、急ぎ屋敷に戻って支度を調えなくてはならない。頭の中でざっくりと予定を立てながら、廊下を早足で歩いていると、大臣の一人がアレクシを追ってきた。

「アレクシ殿、お戻りになりましたらねぎらいの宴《うたげ》を開きますゆえ、ぜひ。娘のリンデもアレクシ殿にお目にかかりたいと申しておりました」

揉《も》み手をしながら話しかける大臣にアレクシは一瞥《いちべつ》をくれた。火急の事態というのに、ろくでもないことで話しかけるなと思いながら、冷たくあしらう。

「今は宴のことなど考える余裕は持ち合わせていないのだ。すまないが、そういった話は帰ってからにしてほしい」

帰ってからも宴などに出ることはないがな、と内心で呟きながら、アレクシは返事をした。

この大臣は革新派に属しているのをアレクシは承知している。こうやって搦《から》め手でアレクシをどうにか自分の懐に入れたいと思っているのか、近頃頻繁に誘いをかけてくるのであった。

苦笑しながら、袖にしたが、それにしても能がない、とアレクシは呆れ返る。アレクシを娘の婿にでもと思っているのだろう。彼の娘は器量よしと評判なのは知っているが、アレクシはさほど興味がなかった。

また、この男は先日も「アレクシ殿がユミルナを治めてくだされば」とすり寄るように言っていたことを思い出す。

(俺のことを持ち上げたところでどうにもならんというのにな)

彼はおそらく、アレクシはトールに対し対抗心を抱いていると思い込んでいるのだろう。

確かにアレクシも王子の一人であることには変わりない。野心のある者であれば、自分も王になる権利があるとばかりに王座を争うこともあったのかもしれない。だが、アレクシはトールに対し、まったくそんな気持ちは抱いていなかった。

（面倒なことだ。俺はただ兄の治めるユミルナが平穏であればいいと願うだけなのにな）

それゆえ、下手に結婚し子をなして、わざわざ諍いの種を蒔《ま》くこともないと思っている。また、それ以上にエイノだけが大事なので結婚なんか考えたこともないのだが。

（俺は兄ほどの治政はできぬ）

自分は兄ほど知略に長《た》けていない。しかし、その代わり兄より戦う能力は優れていると思っていた。幸い、この恵まれた体格と運動能力はユミルナという国を守るために役立っている。竜との相性もよく、今の自分の立場には満足していた。

ユミルナの王はトールしかいない、王にふさわしいのは自分ではなくトールだとアレクシは信じて、だからこそ兄に忠誠を誓っているのだ。

兄はしっかりと国を治めてくれており、また力量も十二分にある。

要は適材適所、というわけである。そして王であるトールが表立って竜騎士団のすべてを支えてくれているから、自分たちは好きなように戦えていた。

多少の我が儘も目を瞑《つぶ》って「思うままに戦ってよい」と言ってくれているからこそ、十分に実力を発揮できるのだ。

「ではお帰りになられてから、ゆるりとお話しなど。……しかし、アレクシ殿はいつまでも騎士団長ごときに収まっている器ではありませんぞ」

大臣は懲りずにそんなことを猫なで声で言いながら、にやりと笑った。

その嫌らしい笑みと甘言に、アレクシは不機嫌を露《あら》わにしながら、大きな息をつく。

「申し訳ないが、任務に差し障るゆえ、これで失礼つかまつる」

ぞんざいに言い置き、追いすがって話しかけてこようとする大臣を後にし、その場から立ち去った。

不快だという態度は表には出さずにいたが、ひどく不愉快だったと内心で悪態をつく。

「騎士団長ごときとはなんだ。……ったく、失礼にもほどがある」

憤慨しながらアレクシは先を急ぐ。

アレクシにとって、竜騎士であることが己の誇りだ。竜という強く雄々しい生き物と心を通じ合わせ、一体となって戦えるのは竜騎士だけである。

アレクシも無意味な戦いは好まない。国王トールと同じく、争いはできることなら避けていたいのだ。

近代兵器は確かに効率的だろう。

しかし、必要のない戦いやそれに伴う犠牲が、それらを用いると生じてしまうことをアレクシは憂いていた。

近代化をけっして否定するつもりはないが、竜騎士団あってこそのユミルナであると主張しているのはそのためだ。

そんなアレクシを理解し、竜騎士がいてこそこの国が強くあれる、とトールは常日頃からアレクシに言っているし、アレクシもトールという賢王がいるからこの国は安泰だと思っている。

「陛下のためにももっと強くならねばな」

　自分を引き立ててくれている兄のためにも、そしてこれ以上竜に負担をかけないためにも……また、外野を納得させるためにも、もっと強くならねばと己を奮い立たせた。

＊＊＊

「悪いが夜明け前には出立する。すぐ支度を。――それからすぐに副団長のヘルムートに使いを。至急の用だ」

　国王からの要請にて登城したアレクシは戻ってくるなり、休憩もろくに取らずに、玄関先で彼を出迎えていたレンナルトとエイノに支度を急かした。

「ヘルムートが来たら俺の部屋に通してくれ」

　珍しくアレクシはピリピリと神経質になっている。

　普段はどんなに忙しくとも、エイノに「ただいま」と笑顔を向けてくれるのに、今日はそれがない。険しい表情をして自室へ向かっていた。

「どうかしたのですか」

　エイノは心配になって声をかけた。

「ああ、エイノ。すまないが、シーヴたちの準備を万端整えてほしい。日が出てからでは間に合わないかもしれないから、できるだけ早くにここを出発したい。時間がないが頼めるか」

アレクシの様子から、かなり差し迫ったことが起こっているのがわかった。ピリピリとした空気をまとう彼を見るのは、滅多にないことだった。

エイノがよほど不安げな顔をしていたのか、安心させるようにアレクシが言葉を続ける。

「――国境付近がきな臭くてね。急ぎ行かなければならなくなったのだ。偵察ですめばいいが、場合によっては増援要請……ということもあるだろうから、他の竜もいつ出撃してもいいようにしておいてほしい」

どうやら、かねてより小さな諍いが頻発していた国境付近が怪しい雰囲気になってきたという。そのため、アレクシに偵察の命がくだったようだ。なにも団長自ら行かずともと思わないではないが、おそらく現場の迅速な判断が必要なのだろう。

エイノとしては少しは身体を休めてほしいと思うのだが、彼は「大したことではないよ」と大らかに笑うだけだ。

それが頼もしいのだけれど、ひと月ほど前にも遠征をしていたことがあり、やはりこう頻繁に遠方に出かけていては心配になる。食事もきっと満足にできないこともあるだろうし、野宿もせねばなるまい。体力が落ちやしないかと気が気ではなかった。

しかしそれを止めることはエイノにはできない。自分にできることはせめて竜を万全の体調に整えて送り出すことだけだ。だから毎日心を込めて竜たちの世話をする。彼らが本来の力を発揮できるように、そしてアレクシが怪我ひとつしないで帰ってこられますように、と祈りながら。

「わかりました。シーヴ含めどの竜も準備は整っています。いつ出立なされても大丈夫です」

エイノは顔を上げて真っ直ぐアレクシを見る。ここで不安そうな顔をしては彼によけいな心配をかけてしまう。だから背筋を伸ばしてはっきりと言い切った。

「ありがとう、エイノ。おまえのおかげで皆安心して竜に乗ることができる」

アレクシのその言葉と笑顔がなによりのご褒美だ。それだけでエイノはこれからも頑張ろうと思えてしまう。

「いえ、当然のことですから。アレクシ様たちにお怪我など負わせることはできませんし、大事な竜にも怪我してほしくありませんので」

「ああ、留守を頼むよ」

「かしこまりました。お任せください」

アレクシが留守の間も、騎士団の竜たちの世話は手を抜くつもりはない。今回はアレクシを含めた少数部隊で臨むが、いつ応援要請がかかるかわからない状況である。それはエイノもわきまえていた。

「――あの、念のため、傷薬を多めに用意しておきます。それから……アレクシ様がリラックスできるようにカモミールのお茶も」

はにかみながら最後の言葉を言うと、アレクシはふわりと微笑んだ。

「ありがとう、さすがエイノだ、細かいところまでよく気がついて、頼もしいよ。ただ、竜の世話にかまけて、勉強をおろそかにしないようにな」

そう言いながらアレクシはエイノの頭に手をやる。その仕草やアレクシの表情を見て、やっといつものアレクシの顔になった、とエイノはホッとした。

（よかった……いつものアレクシ様だ）

アレクシにやさしく頭を撫でられて、子どものように扱われるのは少しだけ不満だが、それよりも彼に触れられることのほうがうれしい。

「わかっております。……もちろん勉強もきちんとします。――あ、ランヴァルド先生の研究のお手伝いも」

エイノがそう言うと、アレクシの手がエイノから離れた。と思うと、彼は少しぎこちない表情を見せ、口を開いた。

「――ところでエイノ、ランヴァルドの手伝いだが……。その……順調なのだろうか」

突然なにを、と思ったが、エイノはにっこりと笑って答える。

「はい。今日はフレイへ登って、マデュライトの採掘場跡へ」

「マデュライトの？」

「ええ！　ランヴァルド先生の仮説によると、どうやら、マデュライトは竜が脱皮した皮が堆積《たいせき》してできたものではないかということなんです。なんでもマデュライトの採掘量は、神殿の悲劇以降、減り続ける竜の生息数に比例して、こちらも激減しているらしいんです。なので、鱗がある条件下で堆積していくと鉱石化するのでは、ということでその実験をなさっていて。それには、どうやら雷が関係あるようなんです」

「……いつもそうやってランヴァルドと一緒に出かけるのか？」

「ええ。ランヴァルド先生はこのあたりは不案内ですし、危ないところもありますから」

そうか、と言ったきり、アレクシは口を閉ざした。が、エイノはアレクシの様子に気づかず話を続ける。

ランヴァルドがやってきて、エイノは興味の幅が格段に広がっていた。彼は専門の竜のことだけでなく様々なことをエイノに教えてくれる。

おかげで毎日が楽しい。

それもこれもアレクシがエイノをランヴァルドに推薦してくれたおかげだ。だからその楽しい気持ちや、ランヴァルドが親切にしてくれていることを伝えようと精一杯言葉にする。

が、聞いているアレクシはどこか不機嫌な様子だった。

あまり興味なさそうな顔をして、「わかった」と話を途中で打ち切った。

「あ……あの、アレクシ様、なにかお気に障ることでも」

心配になってエイノはアレクシに訊ねる。

調子に乗ってペラペラと喋《しゃべ》りすぎただろうか。もしかしたらかなり浮かれていたのかもしれない。

それが彼の気に障ってしまったとしたら。

するとアレクシはハッとした顔をし、次にバツの悪い表情をした。

「すまない、エイノ。そうではないんだ。今日は城で不愉快なことがあってな……。おまえに当たるような態度になってしまった。けっしておまえのせいではないから」

「いえ……僕も……アレクシ様がお疲れなのにもかかわらず、少し騒ぎすぎました。明日は早いですし、そろそろおいとまします。シーヴたちの支度はお任せください」

きっと今日のアレクシは虫の居所が悪かったのだ。

なにせ急に、明日は夜明け前に出立の命が下っている。不愉快なことが城でもあったというし、いくらアレクシとてときには気が立つこともあるだろう。

おやすみなさいませ、と言い置いて、エイノはその場を立ち去った。


次の朝、アレクシは少数の部下を率いて、国境付近へと出立した。

「行ってらっしゃいませ」

出立の際、エイノが騎竜したアレクシに言うと、アレクシは「ゆうべは悪かった」と謝った。

「アレクシ様が謝ることではありません。あれは僕が少しお喋りが過ぎて」

「いや、違うんだ、エイノ」

苦い顔をしてアレクシが否定する。

え、とエイノが聞き返すと、「実は」とアレクシが切り出した。

「俺はランヴァルドに焼きもちをやいたんだ。一緒にいられない間、おまえがランヴァルドと楽しそうにしているのが面白くなくてね」

「それって……」

「拗ねていたんだよ、俺は。そっけない態度をとってしまった。すまなかった」

まるで悪いことをした子どもが謝るように、しゅんとした様子でアレクシがエイノに言う。エイノはそんなアレクシが少し可愛いと思ってしまった。

ゆうべはエイノもかなり落ち込んでいたのだ。アレクシは違うと言ったが、冷たい態度を取られたのがショックでならなかった。

けれどそれも誤解で、それどころか焼きもちだなんて、なんだかくすぐったい。

「そうだったんですね。僕はてっきりアレクシ様に嫌われてしまったのかと思っていました」

言うと、アレクシは「そんなことはない」と強く言い切る。

「俺がエイノに嫌われるようなことはあっても、俺はエイノのことを嫌うわけがない。……しかし、とにかく出立前にこれだけは伝えたかった。このままだと、任務中におまえのことが気になってろくに仕事にならなくなると思ってね」

「それは困ります。ちゃんと集中なさってくださいませ」

「ああ、そうだな。しかし、これですっきりした。これで心置きなく出発できるよ。エイノ、できるだけ早く帰れるようにする。おまえの誕生日には必ず間に合うようにな。――では行ってくるよ」

「はい、行ってらっしゃいませ」

誕生日のこともきちんと覚えていてくれていた、とエイノはうれしさに声を明るくする。いつものアレクシ様だ、と安心してエイノは彼を見送った。

一週間の予定だったはずが、その日が来てもアレクシは戻ってくる気配がなかった。

予定から一日過ぎ、二日過ぎても、まだ戻らない。いよいよエイノは気落ちして、ランヴァルドの手伝いにも身が入らない毎日を送っていた。

(もうすぐ誕生日なんだけどな……)

何度ついたかしれない溜息の数をまたひとつ増やしながら、エイノは竜の手入れに使うヤスリを磨く。あまりにエイノが溜息ばかりつくので、ヒンメルも心配そうにエイノに身体を寄せてきた。

「ありがと、ヒンメル。――アレクシ様がいないのはやっぱり寂しいよね……お怪我や病気をしていないといいんだけど」

ヒンメルの身体を撫で、再びヤスリを磨きはじめる。けれど、集中しようと思ってもなかなかできずにいた。

(誕生日に間に合うように帰ってくるっておっしゃっていたのに)

このままでは誕生日にアレクシがいないことになってしまう。

毎年、アレクシに祝ってもらうことが楽しみだったのに、と意気消沈していたとき、城からの使いが訪れ、帰還を報せた。

(ご無事だった……)

彼が無事で帰ってくることがエイノにとっては一番の望みだ。怪我などしていなければいいけれど、とそわそわしながら彼の帰宅を待った。

そうして遠征先から帰城し、国王トールに報告を終えたアレクシが、ようやく屋敷に戻ってきたのは夜も更けてからだった。今か今かと待っていたエイノはアレクシを出迎える。

「おかえりなさいませ」

「ただいま、エイノ。遅くなってすまなかったね。どうしても明日のおまえの誕生日は屋敷で一緒に過ごしたくて」

彼の言葉にエイノの胸が熱くなった。

アレクシは毎年エイノの誕生日を祝ってくれていたが、なかなかアレクシが帰ってこないことから、今年の誕生会は諦めなければと——そう、今朝まではもうだめだと思っていた。

だからアレクシの言葉がとてもうれしい。エイノにとっては誕生日のプレゼントを先にもらったような気分である。それも特上の。

どんなご馳走《ちそう》より、どんなプレゼントより、その言葉がなによりうれしいものだった。

「エイノ？」

うれしさに胸が詰まってしまっていて、言葉が出せないエイノにアレクシは声をかける。

「あっ、す、すみません……！　そうだ。アレクシ様、お食事はどうなさいますか。もう遅いですし、軽いものでよければ……スープとパンなどでよければご用意いたしますが」

エイノがアレクシに訊ねると、彼は「城で少し食ってきたから大丈夫だよ。それより熱いお茶をくれないかな」とエイノを安心させるように言った。

「はい、かしこまりました。すぐにご用意いたします。応接間にランヴァルド先生がいらっしゃいますので、そちらでよろしいですか？」

「ああ、そうだな。ランヴァルドにも心配をかけた。すぐに向かおう」

言ってアレクシは応接間で待つランヴァルドの元へ向かう。

「無事のご帰還なによりでした。エイノくんがとても心配していましたよ」

応接間に入ると、研究レポートをまとめていたらしいランヴァルドが席を立ち、にこやかにそう言いながらアレクシを出迎えた。

「せ、先生……！」

アレクシの出立前にあれだけ格好をつけたのに、それを知られては恥ずかしいとばかりにエイノは思わず声を出す。

「まあ、いいじゃないか。本当のことだしね。なにしろドンパチうるさい地域に小隊で向かわれたのだ。エイノくんだけじゃなく、我々も心配していたよ」

ランヴァルドの表情にはその言葉のとおり、安堵《あんど》の色が浮かんでいた。エイノは国境付近の情勢などそう詳しいわけではないが、ランヴァルドは違う。彼は様々なことに通じていて、もちろん、アレクシが向かった地域のことも詳しいはずだ。その彼が心配していたというのだから、やはりそれなりに厳しい状況だったのだろう。

しかし、アレクシは苦笑しながら口を開いた。

「いえ、それがどうやら情報そのものが偽りだったようで」

「偽り？」

「ええ。偽情報を掴まされたらしいですね。おかげですっかり振り回されました」

アレクシによると、国境付近での小競り合い、というのはでまかせで、意気込んで向かったものの現地は平和そのものだったらしい。

周囲を見回ってみたが、小競り合いなどなにもなかったと、現地では口を揃えて言っていたのだという。念のため、しばらく滞在して様子を見たが、隣国の動きになにもおかしいところはなく、このまま居残っていても無意味と判断し戻ってきたとのことだった。

「徒足《むだあし》となったわけですね」

「ええ。でも、なにかあるよりはなにもないほうがいいでしょうし。あちらへ向かったことについては、まあ……おかげで現地の様子を自分の目で見てこられたので、それはよかったです。拍子抜けして少々疲れはしましたがね」

ハハハ、と大きな声で笑い飛ばすアレクシに、エイノは心からホッとした。

なにより、彼になにもなかったことがうれしい。徒労に終わったとはいえ、傷ついたわけではなし、無事な姿で戻ってきてくれたのがなによりだ。

「そうでしたか。ともあれ、何事もなくてよかった。平和であることが一番ですよ」

「ええ。宰相のザレス殿には、本当になにもなかったのか、と詰め寄られましたが、ないものはないとしか言えませんしね」

アレクシがそう言うと、ランヴァルドはそれまでのにこやかな笑みを引っ込め、途端に難しい顔をして黙りこくった。

「先生？」

様子のおかしいランヴァルドへエイノが声をかけると、落ち着きのない様子でそれに応じる。

「あ、ああ。すまない。エイノくん、アレクシと込み入った話があったのを思い出した。悪いが少し席を外してもらえないだろうか」

いつも飄々《ひょうひょう》としているランヴァルドが、珍しく難しい顔をしている。今までこのような彼の表情は見たことがない。エイノに接するときにはあまり面白くもない駄洒落《だじゃれ》や冗談を言っているのに、今の彼はとても険しい目をしていた。

ただならない雰囲気を感じ、エイノは素直にはいと返事をした。

「かしこまりました」

エイノはそう言いながら二人の顔を見る。

「すまないな、エイノ」

申し訳なさそうにアレクシが言うのを、エイノは笑顔で遮った。

「とんでもない……！　アレクシ様が謝ることなんかありません。どうか僕のことはお気になさらずに。お茶はただいまご用意いたします」

厨房で急いでお茶の支度をしてから、エイノは二人が待つ応接間へ向かう。ノックをして扉を開けると、二人とも難しい顔をしていた。

「ありがとう。話がすんだら呼ぶから、隣の部屋にいなさい」

アレクシがそう命じ、エイノは頷く。

「エイノくん、悪いね。少々アレクシを借りるよ」

ランヴァルドが声をかける。エイノはにっこりと笑った。

「どうぞごゆっくりお話しください。もしお飲み物のお代わりやお食事が必要でしたら、いつでもお呼びください。僕は隣の部屋でアレクシ様のお荷物を片づけていますから」

言って、エイノは応接間を後にした。

マホガニーの厚い扉を閉めると、部屋の中の声はほとんど聞こえてこない。あのランヴァルドが人払いをするのだ、よほど重大なことなのだろう。一介の使用人である自分にはまったく関係ないことだ。出しゃばるつもりもなければ、彼らの邪魔をするつもりもない。

けれど、深刻な話というのは、神経を尖《とが》らせ疲労が増すだろう。ただでさえアレクシは長旅をしてきたのである。きっと話の後では温かい飲み物を欲するに違いない。

(いつでも熱いお茶を用意できるようにしておかないと。それから……)

今日、出かけた先で買ってきたあるものをエイノは思い出す。

教会のバザーに立ち寄ったときに見つけた、甘いマジパン菓子だ。

(アレクシ様……こういうお菓子は召し上がってくれるかな……でも、甘いものがあったほうがいいだろうし)

チョコレートは生憎《あいにく》切らしていて、ホットチョコレートは作れない。

かといって、ホットミルクではすぐ眠くなってしまうかもしれない。いつもアレクシはこういう遠征の後は、屋敷へ戻ってからも報告書をすぐに書くなどの書類仕事をしていた。後回しにしないのがアレクシらしいのだが、今夜ももしかしたらまだ残りの仕事をすることもあるだろう。

だとしたら、ホットミルクでは彼の仕事の妨げになる可能性もある。

マジパン細工のモチーフはマーガレット。エイノの好きな花だ。

(少しでもお疲れが癒やせるといいんだけど……)

エイノは厨房へ足を向け、再びお茶の準備をすることにした。

＊＊＊

お茶を用意したエイノが応接間を立ち去った後、アレクシはランヴァルドに聞いた。

「ランヴァルド、話とは」

人払いをしてまでする話とは、とつい口調も慎重なものになる。

ランヴァルドは腕を組みながら、俯いてなにか考えごとをしていた。その様子からこの話が非常にデリケートなものに違いないと確信する。

いくばくの後、ランヴァルドは覚悟を決めたように組んでいた腕を解いてアレクシに向き直り、口を開く。

「――アレクシ、きみはザレスとはよく話をするのかな？」

いきなりそんなことを言い出すランヴァルドに、アレクシは眉を寄せた。

「どういうことですか」

「いや……これはきみの耳に入れたほうがいいかどうか……少々迷ってはいるのだ。だが、万が一ということもある」

独り言のように自分で自分に言い聞かせながら話を続けるランヴァルドへ、アレクシは視線を向けた。

「耳に入れたほうがいいとは……なにをですか？」

アレクシは思わず身を乗り出して聞く。

ランヴァルドらしからぬ、妙に歯切れの悪い物言いがアレクシは気になった。

「それほど面白い話ではないよ」

「よけいに気になりますよ、ランヴァルド。後々のこともあるでしょうし、お話しを伺えませんか」

「そうだな。あらかじめきみも知っておいたほうがいいだろう」

ふう、とひと息つくと、ランヴァルドは顔を上げて口を開いた。

「ザレスという男には少し気をつけたほうがいい」

これまでの曖昧《あいまい》な言い方に比べ、ランヴァルドはきっぱりと言った。

ランヴァルドとザレスは学友だったと、アレクシは聞いている。そしてランヴァルドはザレスのことを認めているふうであったから、この発言はとても意外に思えた。

「気をつけたほうがいいというのは、いったい……」

アレクシの口調が慎重なものになる。滅多なことは口にできない。

「いささか乱暴な言い方になるが、彼はトール陛下の寝首を掻く可能性がある」

さすがのランヴァルドもその言葉を口にするときには、声のトーンをぐっと低く抑えていた。が、抑えたところで、言葉の重さには変わりない。寝首を掻《か》くという物騒な発言にアレクシは目を大きく見開いた。

それも当然のことだ。宰相が国王を殺《あや》める可能性があると聞いて、黙ってはいられない。

「まさか……！　いくらランヴァルドでも今の言葉は聞き捨てなりませんが」

思わずといったように、アレクシが声を出す。ランヴァルドはアレクシの反応が当然とばかりに、大きく頷いた。

「きみの言うことはもっともさ、アレクシ。仮にも宰相という立場にある者が国王を手にかけようとするなど考えられないことだ。忠誠を誓っているのだからね。しかし、まさにそれが油断というものだよ」

涼しい顔をして、ランヴァルドは淡々と語りはじめたのに対し、アレクシはまだ目を見開いたまま、信じられないという顔をしている。

「私がこう述べるのには、一応の根拠がある。そうでなければいくら変人のレッテルを貼られている私とて、こんなことを口にしようとは思わないからね」

「では……本当に」

「冗談でこんな物騒なことは言わないさ。昔からザレスという男をよく知る者として、一応きみに忠告をしようと思ったのだ。アレクシ、きみはザレスの出自をご存じか」

「ええ。ザレス殿はオルソン子爵家の長男で、王立大学を優秀な成績で卒業。その後爵位を承継され、貴族院議員を経て宰相に取り立てられたと……」

ザレスの出自について、なにを今さら、というようにアレクシは首を傾げながら答えた。

するとランヴァルドは、くす、と小さく笑う。

いきなり笑われ、アレクシは少々ムッとしながらランヴァルドへ向き直る。

「なにがおかしいのでしょう」

「いや、すまない。きみは今、ザレス・オルソンが、オルソン子爵家の長男と言ったね？」

「それがなにか」

「そこだよ。ザレス・オルソンは確かにオルソン家の長男だ。だが彼は養子だからね」

いささか不満げに眉を寄せながらも話を聞くと、アレクシも知らない彼の出自を聞かされて、思わずランヴァルドを見た。

「仮に養子だとして、オルソン家の血を引く者であれば問題ないはずです」

「それはそうだ。しかしザレスには血統に疑いがあるのだ」

「どういうことですか。承継者はその家の血筋でなければなりませんし、そこは調査委員会がきちんと調査しているはずですが」

ユミルナ国の爵位の承継に関してはとても厳しい審査があり、いくら実子といえど、かなり綿密に調査がなされ、血統に問題なしとされなければ承継することができないのだ。

　過去に、血筋とまったく関係ない子どもを養子として迎え、実子として爵位を承継させようとした貴族がいたのだが、結局調査にて血統に問題ありとして承継できず、廃絶した家もあった。

　そのくらい厳密に調査が行われているはずだが、ランヴァルドはザレスの血統を疑っているらしい。

「そうだね。調査委員会がきちんと仕事をしていれば当然問題はない。そこでだよ、先代のオルソン子爵は貴族院議員だったか？」

　ランヴァルドがアレクシに問いかける。

　貴族院はユミルナの貴族によって構成される。ユミルナでは議会は貴族院と市民院からなる二院制であるが、貴族院は市民院とは異なり、非公選であり世襲制だ。また市民院が四年の任期を定めているのに比べ、終身任期制となっているものである。

　それは、とアレクシは言い淀《よど》んだ。すぐにははっきりと答えられなかったのは、オルソン家は確かに子爵という爵位を有しているが、ザレスが貴族院議員になってからはじめて耳にした家でもあった。というのも、オルソン家では後継者がすぐに見つからないということで爵位を休止していたためである。

　そして、爵位回復したのはザレスが貴族院に立つ数年前だった。爵位を回復しても、先代が貴族院議員でなければ、通常そこに立つことはできない。だが、先代のオルソン子爵が議員であったという話をアレクシは知らない。爵位を休止していた期間がそれなりにあったため、かつてはもしかしたら議員であったのかもしれないが、それは調べてみないとわからないことである。

　また、当時まだアレクシは竜騎士団に入団したばかりの頃で、政治の話を聞く機会が少なかった。そのため、記録や伝聞での知識しかなく、ザレスがオルソン家を継いだ経緯については実はいまだにほとんど知らない。

　ただザレスが議員になってからというものは、彼の活躍はすさまじく目覚ましいものだった、と聞いている。

　没落寸前のオルソン家をザレスが見事な手腕で立て直し、それどころか、貴族院議員になってからはユミルナの財政も豊かになった。その手腕を買われ、大蔵大臣へ取り立てられたことで、若くして宰相となったのであった。

「――大学時代、彼はまだザレス・オルソンではなかった。母一人、子一人の、下町で暮らす庶民の出で、ザレスはその優秀さで奨学金を得て大学へ通っていてね。暮らしは裕福ではなく、ザレス自身も勉強の合間に働きに行っていたらしい。私は他人の行動にはそれほど関心があったわけではないが、優秀な彼のよからぬ噂を学内でよく耳にしてね」

　ランヴァルドが言うには、当時からザレスは強すぎる歪《ゆが》んだ正義感を持ち、非常に偏った考え方をしていたらしい。頻繁に反国王派のサロンに顔を出していたようで、そこでオルソン家と繋がりを持ったのではないか、と――。

「これは……確たる証拠があるわけではないが、オルソン家の窮状を耳にしたザレスがその明晰《めいせき》な頭脳を用いて、オルソン家の爵位廃絶を防いだだけでなく、自ら政治を執り行う立場になった……というのは当時の噂をみれば可能性として考えられることだろう。現に、彼の……オルソン家に、最近世間を騒がせている革新派の――それも特に王制を廃止しようと叫ぶ、いわゆる反国王派と呼ばれる若者たちが出入りしているのを、幾人もの人間が視認しているそうだ」

「まさか……」

「ああ、まさか、だ。ザレスがオルソン子爵となって目の前に現れたときには、私も驚いた。が、そういった話はよくあることだ。どの家だって、当主の落とし胤《だね》なんぞ、そこらにゴロゴロしているものだからね。だから私もはじめはザレスが本当にオルソン家の血を引いているのだと思っていた」

だが、とランヴァルドは言葉を続ける。

「よせばいいのに、私はつい調べてしまったのだ。……まったく、よけいなことなどするものじゃない。調べると当時のオルソン家の財政状況は破綻していたし、質《たち》の悪い高利貸しの餌食になっていた。そしてオルソン家に跡継ぎになるような男子は一人もいなかったのだよ」

だからどうやって調査委員会の審査を切り抜けたのかわからないと言う。

おそらくランヴァルド自身、嘘《うそ》であってくれれば、という思いがあるのだろう。口調にどこかまだ迷いがあるような、そんな色が滲み出ている。

「彼は宰相にふさわしい。しかしそれは……彼にこの国に対して……いや、トール陛下に対して忠誠心があれば……の話なのだが……私はその忠誠心を持っていてほしいと願っている。けれど、万が一ということがある。――アレクシ、今の話はすべて忘れてくれて構わないが、城の中にも敵がいるということは、頭の隅に置いておいたほうがいいだろう」

ザレスについての疑念はともかく、ランヴァルドの言うとおり、近しい者でも油断はできないというのは確かなことである。

　これまで王宮内は至極平穏だったから、アレクシは改めて気持ちが引き締まる思いになる。ランヴァルドの話は敵は外だけとは限らないのだということを思い出させてくれた。

「ランヴァルド、ありがとうございました。そうですね。あなたの言うとおりです。ザレス殿に限らず、味方と思っていた人間が裏切ることなど古今東西どこにでも、いくらでもあることだ。心しておきましょう」

　礼を言うとランヴァルドは苦笑する。

「妙なことを言って悪かった。さあ、エイノくんがお待ちかねだ。きみも長旅で疲れたことだろうし、今日はゆっくり休んだほうがいい。私はこれで失礼するよ」

　ランヴァルドはそう言って、応接間を後にする。

　そしてランヴァルドと入れ違いに扉をノックする音が聞こえた。ランヴァルドが部屋を出たのを知ってエイノがやってきたのだろう。控えめなノックが彼らしい。どうぞ、と返事をすると、思ったとおり、開いた扉の隙間《すきま》からエイノが顔を出した。

「アレクシ様、お飲み物はいかがですか」

　そう訊ねる表情は、見慣れたいつもの愛らしい微笑みだ。

　こんな夜更けまで自分のことを気遣い、飲み物の用意をしようとするエイノに、アレクシはふっと頬を綻ばせる。

「ありがとう、エイノ。もう十分だよ。夜も随分遅くなったし、おまえも休みなさい。俺は報告書を書いてから休むから」

言うと、エイノは「あの」とおずおずとアレクシに向けて手を差し出した。

「？」

彼の手のひらの上には、小さな花のマジパン細工がいくつかのっている。

「今日、教会のバザーで買ってきたんです。甘いものは疲れに効くと言っていたので……よかったら召し上がってください」

いくつもの可愛らしい花がエイノの手で咲いている。きっとこれを渡すために今まで待っていたのだろう。その健気《けなげ》な彼を見て、とても断ることはできなかった。

「ありがとう、エイノ。いただくよ」

微笑みながら言うと、エイノはうれしそうにふわりと小さく笑顔を作った。

「可愛いお花だね」

アレクシは、エイノの手からマジパン細工をひとつ摘《つま》み上げる。けっして職人が作ったような端整なものではないが、その手作り感が温かみをもたらしていて可愛さを増している。

この花の可愛らしさはエイノと同じだ。温かい性根を持った彼に通じている。

「ええ。小さい子たちが作ったんですって」

「そうか。それにしては随分きれいにできている。食べるのがもったいないが、せっかくだ。早速いただこう」

そう言って、アレクシはマジパンの花を口の中に放り込んだ。

「うまいな。ほら、エイノも食べるといい」

「いえ、僕は……。これはアレクシ様にと思って」

固辞するエイノに「相伴してくれると俺がうれしいんだが」と言うと、「それじゃあ……」と遠慮がちにひとつ摘んで、口の中に入れた。エイノも満足そうに甘い味を楽しんでいる。

「もうひとついただこう」

アレクシは続けざまにマジパン細工を口にした。

甘いマジパンの味が口の中に広がり、疲れを癒やしてくれる。甘いものが身体を癒やすのか、それともエイノの気遣いがアレクシの心を癒やすのか。

いずれにしても、エイノの笑顔を見て、ようやく自宅へ戻ってきたとアレクシは緊張を解いた。


今夜は風が強い。

あれからエイノを下がらせて、アレクシは仕事に戻っていた。

強い風の音がし、窓ガラスをガタガタと揺らす。

――それにしてもランヴァルドの発言は衝撃的だった。

この風の音は自分の心の乱れそのもののようだ。激しく気持ちが動揺している。

天候のせいか、それともランヴァルドから聞いた話のせいか——とても仕事に集中できずアレクシは報告書を書く手を止めた。

「陛下のお耳に入れておいたほうがいいのかどうか……悩むところだな」

トールという王はとても聡《さと》い人である。またザレスと接する時間も、アレクシに比べると段違いに多い。団長とはいえ、一介の騎士という立場であるアレクシより、宰相という常に王の側にいるザレスのほうが、接触は密だ。

トールはザレスの思惑に気づいている可能性もあるが、それでもやはり話を聞いてしまったため、気になって仕方がない。

「いずれにしても、頭の痛いことだ」

これまで、ザレスは少しばかり行き過ぎる発言をすることがあっても、市中で過激な発言をしている輩のような言動は見られなかった。せいぜいが「革新派的な発言」の範疇《はんちゅう》に留まる程度のものである。むしろ、他の者のほうが積極的に革新派の運動に加わるなどの行動が見られていた分、ザレスに対する警戒は薄かったと言えよう。

また、宰相という役職についているため、滅多なことはないと信じていたし——今でもアレクシはそう信じている。

だが、アレクシ自身、ザレスのことを深く知っているわけではない。仕事上、話をすることはあっても、個人的な付き合いがあるでなし、その点で言えばやはり学生時代の何年もの間、ザレスを見続けてきたランヴァルドのほうが彼については知っていることが多いのも、先ほどの話から頷ける。

とはいえ、付き合いの短いランヴァルドの言うことが正しいともアレクシは判別ができなかった。

果たしてどちらを信用していいのか……。

アレクシは頭を数回横に振る。考えたところでいい解決法は浮かばないままで、頭を悩ませることが増えただけだった。

「ともあれ、しばらくザレス殿から目を離さないようにしなければな……」

眉を寄せ渋い表情を作りながら、ひとつ深く息をつく。アレクシは再び報告書作成に戻ろうと、机の上に視線を滑らせた。

「あ……」

机の上のあるものが目に入り、今まで作っていたしかめっ面をふと和らげる。

先ほどエイノからもらったマジパンの花だった。

残っていたそのひとつを口にし、味わいながらかなり冷めてしまった紅茶の残りを飲み干す。エイノは熱いお茶が必要ならいつでも呼んでくれと言っていたが、彼も今日は自分を待っていて疲れたはずだ。きっともう眠ってしまっているだろう。

冷めた紅茶でも、エイノの気持ちが籠もっているせいか、おいしいと思える。

「十八歳か……」

明日の誕生日、どうやって祝おうかとアレクシはぼんやりと思いを巡らせる。

彼を森で拾ってから十八年という年月が経った。自分のエゴでこの屋敷に連れてきたが、今のエイノを見て、果たしてそれでよかったのか、と考えるようになっていた。

ここに連れてこなければ、彼は教会の孤児院へ引き取られていたとはいえ、心やさしく聡明《そうめい》な彼のこと、きっとそこでもうまくやっていただろう。

だからもしかしたら自分がこの屋敷に連れてくる必要はなかったのかもしれない。だが——。

こんなにも。

こんなにも大事な存在になるとは当時の自分には想像もできなかった。

「参ったな……」

深く息をつきながら、ティーカップを静かに置いた。

第五章

あくまで内輪だけ、という割にはエイノの誕生日は豪勢に行われた。

とはいえ、招待客はなく——ただし、今年はランヴァルドという客がいるが——屋敷の皆で祝うだけなのだが、食事もプレゼントも一介の使用人に対するものとは思えないのである。

いつもアレクシに「ここまでしていただかなくても」と言っているのだが、「俺がしたいだけだ」とけんもほろろで、取りつく島もない。

「いいんですよ。アレクシ様の趣味のようなものですから」

レンナルトも十八年にもなると、もう諦めているらしく、彼自身も結構楽しんでいる節があった。

「エイノ、十八歳の誕生日おめでとう」

アレクシの音頭で乾杯をする。

今日ばかりは無礼講で、使用人すべてが同じ食卓について、食事を楽しんでいる。焼きたての鶏も、サーモンのパイもそれから色とりどりの果物も、どれを食べても頬が落ちるほどおいしい。コックのハンスが存分に腕を振るってくれたそれは、とても幸せな料理だった。

「十八のお祝いだ」

そう言ってアレクシがとても大きな包みをエイノに渡す。あまりに大きく、エイノでは抱えるのに苦労する。

開けてごらん、という彼の言葉に従って、エイノがその包みを開くと、中には馬の鞍《くら》と乗馬用の鞭《むち》が入っていた。

「これは……」

目を丸くしているエイノにアレクシが笑いかける。

「今度遠乗りしに行こうと言っただろう？　それまで馬の特訓をするから覚悟しておいで」

エイノが使用している鞍はアレクシのお古で、身体に合わないものだった。アレクシとエイノでは体格がまるで違う。エイノの乗馬技術がなかなか上達しないのはおそらく身体に合わない鞍で練習しているから、と指摘を受けていたが、よい鞍は高価で手が出ず、しぶっていた。

「せっかく悪くない筋なのに、鞍がよくないから上手《うま》くならないといつも言っているだろう？」

「アレクシ様……」

エイノとしてはアレクシからもらった鞍であるし、ずっとそれを使っていたかった気持ちもあった。

けれど、アレクシにしてみれば、お古を使っているエイノが上手くならないことが気になって、鞍をプレゼントしてくれたのかもしれない。

しかもこの鞍は上質の革で、少し細身に作られており、エイノの身体に合うようになっている。

「上達にはまず道具だ。いいものを使えばおのずと上手くなってくる」

「ありがとうございます……！　大事にします」

本当にアレクシはエイノのことをなんでもよくわかっている。鞍は安いものですませようとすると、馬への負担がかかってしまうことがあるので、練習を控えていたのだ。

「馬に乗れたら、竜にも乗れるようになる。いつかヒンメルが成長したときに乗りたくなるかもしれないしな。馬の練習はしておいて損はないよ」

そうまで言われたら練習しないわけにはいかない。いつまでも苦手だといって避けていては、アレクシをがっかりさせてしまう。それに一緒に遠乗りをしたい。

「はい、頑張って上達します……！」

エイノの返事にアレクシは微笑む。

他の人からのプレゼントも、どれもすてきなものだった。ランヴァルドからは新しい辞書を。そして執事のレンナルトからは狩猟用のナイフを。

そうして宴は賑やかに続く。

やさしく見つめてくるアレクシの瞳を見ながら、エイノは胸のドキドキを必死で抑えていた。黙っていると頬が赤くなってくるのを感じ、やだなあ、とエイノは頬に両手を当てる。こんなに顔を赤くしていたら、おかしいと思われてしまう。鎮まれ、と自分に言い聞かせたが、鎮まるどころか今度は身体が火照《ほて》って――。

「エイノ！」

アレクシの声が聞こえたが、エイノの意識は徐々に薄くなっていく。

朦朧《もうろう》としながらもかろうじて人の声は耳に届いている。が、身体はまったく動かなかった。

「熱が！　ひどい熱だ。医者を！」

遠くでアレクシの叫ぶ声がする。

にわかにバタバタとしだし、エイノの身体がふわりと宙に浮いた。

「アレクシ、ベッドに運びましょう。ここからなら、私の部屋が近い」

「いえ、ランヴァルド。俺の部屋に運びます。ランヴァルドはまだお仕事があるのでしょう。それに俺の使用人ですから、お気になさらず」

「そうですか。ではお任せします」

そんな会話が聞こえてきた。どうにかしてエイノも口を開きたかったが、まったく声を出すことが叶わない。それどころかそこからエイノの意識は暗い闇へ落ちてしまっていた。


いつの間にか、《その》声が自分の意識の外で聞こえていた。

声は、不思議な旋律と不可思議なリズムを伴っている。瞼《まぶた》を開けることもできないでいると、そのまま目を閉じておいでなさいな、と声はまるで身体をやさしく撫でるように眠りの奥底へと誘《いざな》った。

『エイノ……エイノ』

やさしい声で呼ばれる。

——なに。誰が呼んでいるの？

少なくともアレクシの声でも、ランヴァルドの声でもなかった。聞いたことのない声音。なのにそれはけっして不快なものではなく、むしろ懐かしい気持ちを呼び起こす。

『十八のお誕生日おめでとう。あんなに小さかったあなたがこんなに大きくなったのね』

誰かがエイノに話しかけてくる。

『封じ込めていたあなたの力を、ようやく解くことができます……あなたの姿が見られてよかった。エイノ……元気で……』

少しだけ苦しいかもしれないけれど我慢してね、と声がしたかと思うと、首筋に焼き印を押されたかのような、すさまじい熱さと痛みに襲われた。

「う……あ、あ、ああああ――――ッ！」

エイノはその痛みに耐えきれず、首筋を押さえてもんどり打った。

「あつ――い……熱い……っ……！」

首筋を押さえ、ただひたすらもがき苦しむ。死んでしまいそうになるくらい辛い痛みの中で、けれど痛いと感じているということは、生きていることに他ならないと自分に言い聞かせ、声を上げて苦痛を逃がそうとした。

身体も熱くて呼吸もままならない。水が欲しい。

水が飲みたい。

――エイノ、水だ。

すると、その言葉とともに冷たい水が口に注がれる。からからに干からびた唇は潤いを取り戻し、身体の熱も冷えていくような気がした。

「あ……れくし、さま……？」

アレクシの声がした。彼が水をエイノにくれたのだろう。いつでもエイノを救ってくれるのはあの人だけ。いつでも助けてくれるあの人が大好き。

朦朧としている意識の中、エイノを抱き寄せアレクシがくちづけをくれている夢を見た。

それはとても幸せな夢で、くちづけの感触とともに再びエイノの意識は薄れていく。そうしてまた深い深い眠りに落ちるのだった。

――おやすみ、エイノ。

目覚めると覚えのない天井が広がっており、エイノは目を丸く見開いた。

――え。

この部屋は――アレクシの部屋だ。そして今自分が寝ているベッドはアレクシのもの。

エイノの記憶は誕生日の食事の途中で顔と身体が火照り……そこで途切れている。いったいなにがあったというのだろう。

「…………っ」

エイノは無理やり身体を起こす。が、熱があるのか、頭がふらつき、身体に力が入らない。目眩《めまい》を起こし、結局また横になるしかなかった。

「……ど……しよ……」

いつから自分はここで眠っていたのか。

身体が火照ったということは、きっとあのときには熱があったのだろう。だとすれば発熱して自分は意識を失い、それでアレクシがここに連れてきたのに違いない。

そういえば、首筋がすごく痛かった。焼きごてで首を焼かれたような、火傷《やけど》に似た痛みに苦しんでいたような気がするが、今はもう痛くはない。

あの感覚はなんだったのだろう、とエイノは首筋に手を宛がった。痛みを覚えていた箇所はまだなんとなく熱を持っているように思える。

「はあ……」

せっかくの食事会が台無しになってしまった。まさか突然熱を出すだなんて。特に直前まで体調は悪くなかったし、どうしてこうなったかエイノにもまるでわからない。

しかもあろうことか、アレクシにくちづけをされた夢まで見て。

熱のせいとはいえ、あんな邪《よこしま》な……自分の欲望を露わにした妄想を夢に見てしまったなんて。正直なところ、すごくうれしくて幸せな夢だったけれど、後ろめたさもいっぱいで、しばらくはアレクシの顔をまともに見られそうにない。

だが、とにかく起きてアレクシに謝らなくては、と再び上体を起こす。ベッドから立ち上がろうとすると、ノックの音が聞こえた。

すぐにドアが開き、アレクシが姿を現す。

「アレクシ様……！　すみません、僕……」

そう言って立ち上がろうとしたエイノの身体はふらつき、力の入らない足は膝から崩れる。

「エイノ、無理をするんじゃない」

すぐさまアレクシがエイノの元に駆け寄り、身体を支えた。

「す、すみません。迷惑をかけて……」

申し訳ない気持ちでいっぱいのエイノは泣きそうになりながら、アレクシに謝る。だが、アレクシは首を大きく横に振った。

「ひどい熱だったんだ。謝ることはない。それよりまだ身体が本調子ではないのだから、きちんと休みなさい」

「でも……ここはアレクシ様の……」

「ベッドなら他の部屋にもあるのだし、気にしなくていい」

「……ありがとうございます」

「それよりエイノ。おまえに話がある」

話、と聞いて、エイノは目を瞬かせた。

アレクシはエイノをベッドに寝かせると、キャビネットから手鏡を取り出した。そうしてエイノの首筋が映るようにして、見せる。

「………！」

その手鏡に映っていたのは、ランヴァルドの資料で見た、竜の羽の形を模したような緋色の紋章。

それがエイノの首筋にくっきりと浮かび上がっていたのだった。

「これは……どういうこと……」

「おまえが高熱でうなされているときに、突然現れたんだ」

アレクシの言葉に返事もできないほど、今見ている光景が信じられないとばかりに、エイノはじっと鏡に写った紋章に見入る。

そしてあることを思い出してハッとした。意識を失っていたとき、焼けるような痛みを覚える前に、誰かに話しかけられた。とてもやさしく懐かしい声の人。あれは女性の声で――。

「お母さん……？」

もしかしたらあの声は。

「エイノ、なにか心当たりがあるのか」

顔を覗き込まれて、エイノは自分の見たこと聞いたことを口にした。

「夢の中で、僕を呼ぶ声がして……封じ込めていた力をようやく解くことができるって……」

自分は紋章持ちだったのだ、とエイノははっきりと理解した。

今まで発現しなかったのは、この紋章が封じ込められていたから。そしてあの声は……ただの推測に過ぎないけれど、エイノの実の母親のものだったのかもしれない。

そうアレクシに説明すると、彼は合点がいったとばかりに大きく頷いた。

「なるほど。だとすれば……おまえが高熱を出したのは封印が解けるときのエネルギーに身体が対応できなくなったため……ということだろうか」

アレクシがそう呟くように言った途端、エイノは再びふっと意識が途切れる。

エイノ、とアレクシに身体を揺さぶられるのを感じながら、深く意識が沈んでいった。

＊＊＊

エイノに紋章が現れたことをトールへ報告するために、アレクシは登城した。

彼に紋章が宿った以上、これはエイノだけの問題ではなくなったためだ。果たして本当に紋章の力を有しているのか。有しているとするなら、この国の行く末はどうなるのか……。

アレクシ自身まだ戸惑いながら謁見の間に赴き、トールへエイノのことを報告する。

「なんと……！　紋章が……！」

話を聞き終えると、普段あまり大きな声を出さないトールが、興奮しながら声を上げた。

「はい。エイノの首筋に確かに」

彼の白く細い首筋に、緋色の紋章がくっきりと浮かんでいるのをアレクシはこの目で見ている。高熱にうなされ、ひどく苦しんでいた彼の姿を思い出しながら静かに言った。

紋章の力のせいか、一度目覚めたエイノは再び三日ほど寝込んだ。よほど体力を消耗したのだろう。

エイノの身に紋章が現れたあの日から一週間ほどになるが、まだ本調子ではない様子である。

おそらく熱だけでなく、苦痛も伴ったのかもしれない。食事をほとんど摂れていない身体は随分とやつれてしまっていた。

「では、これで竜の力も戻るのだな」

これまで本来の力を発揮できなかったが、これでかつてのようになるのか、とトールは期待を込めた口調で訊くが、アレクシは首を縦に振ることができない。

「いえ……それは……」

アレクシもトールと同様、紋章が戻れば竜も復調するものだと思っていた。が、そう順調にことが運ぶとは言い切れない状況だった。

というのも、エイノの紋章は、彼が高熱を発していたときには緋色をしていたが、熱が下がり、今では側でよく見なければわからないほどその色が薄くなってしまった。

色が緋色でなければ紋章の能力は発揮されない。そしてその色を引き出すにはもうひとつの要素が必要なのだった。

それが、竜の力を封じ込めたといわれる宝玉だ。伝承にもあり、またランヴァルドの調査でもそれは必要なものだといわれている。

竜の能力は本来凄《すさ》まじいものである。竜騎士団に所属している竜は今でも確かに強いが、それは彼らがもともと持っている力の一部に過ぎない。

かつては気候に影響を与えることができる竜もいたほどであり、そのままでは荒ぶる力を制御できず、地上に住まう者すべてに被害を及ぼす可能性があった。よって、竜がこの世界と共存できるよう、ほとんどの力を宝玉に移した。

　その宝玉の力を解除する鍵となるのが紋章だが、紋章によって宝玉の力が解放されなければ、竜は覚醒できない。しかし、その宝玉のありかが不明であった。

　そして宝玉を手にしてはじめて紋章も鍵として働くことができる。いずれかが欠けても真価は発揮されないのだ。

「そうか……だが、宝玉さえ見つかればまた昔のように竜たちはさらに強くなるのだろう。とはいえ、宝玉か……確か神官が――」

　確か、とトールが口にしたのをアレクシが継ぐ。

「ええ、紋章を持っていた者がそれらを知っていたはずなのですが」

　十八年前の悲劇で、宝玉のありかを知っていた者どもは殺されてしまった。そのため宝玉がどこにあるのかは誰もわからない。王であるトールさえその場所を知らされていないという。

　とはいえ、ひとまず紋章を持つ者が現れたというのは、ユミルナにとって僥倖《ぎょうこう》と言っていいだろう。トールは非常に喜んでいたが、現在、アレクシの頭の中は紋章のことよりもエイノのことでいっぱいであり、トールと同じようには喜ぶことができないでいた。なにせ彼の首筋で紋章が緋色に輝いた際、エイノはひどく苦しんでいた。もしかしたら紋章を使うたびにあのように苦しんでしまうのでは、という不安が頭を過《よぎ》る。

　それに――。

　エイノが高熱を出したあの日から、アレクシは彼に避けられているのだった。

考えすぎかとはじめは思ったが、どこか違う。意図的に避けられていると、ここ数日の彼の行動を見てそう思い至ったのである。

（あまり構いすぎたか……鬱陶しいと思われてしまったかもしれないな……）

小さい子でもあるまいし、エイノの気持ちも考えずに世話を焼きすぎているという自覚はある。もう十八にもなった青年をなにからなにまで構い倒すというのは、さすがによろしくないのかもしれない。

もしくは、主人であるアレクシの誘いなど、気が乗らなくてもエイノは断ることができなかった、そういうことも考えられる。

（いや……それより）

あの夜、どうしようもなかったとはいえ、口移しでアレクシはエイノに水を飲ませていた。自分では抑えたつもりではあったが、あのときどれほど彼の唇をもっと味わっていたかったか。

正直なところ、何度理性の箍《たが》が外れそうになっただろう。

あのとき――エイノに触れた指先や唇だけが熱を帯びていた。エイノの肌の温度は、アレクシの指先にまといつき、甘く誘ってくるような気にさえなり……自分の中に息づいていた熱情を容易《たやす》く呼び起こされた。

単に庇護《ひご》するだけの存在ではとっくになくなっていたはずなのに、それにいつまでも気づかない振りをしていただけだった。彼の長い睫毛《まつげ》もみずみずしい唇も……そして髪の毛の一本さえ、すべて自分のものにしたい――そんな衝動を自分が持っていたことにアレクシ自身驚いていた。

エイノのことをどうしようもなく好きだと実感してしまい、なんとか唇を離したものの、もしかしたらそういう自分の気持ちを彼に知られてしまったのかもしれない。

やさしい彼のことだ。

もしアレクシがエイノに告白したとして、彼はきっとアレクシを拒まないだろう。それはアレクシがエイノの主人であるから……。

(頭に血が上りすぎた……参ったな)

もう少し冷静になればよかったとアレクシは後悔する。

かといって、あのとき彼をランヴァルドに任せることもできなかった。——思わず自分がとでしゃばってしまったが、果たしてそれで正解だったのかどうか。

私情を交えすぎた、とアレクシは反省する。ともあれ彼にもとのように接してもらうためには、少し距離を置いたほうがいいだろう。

「——アレクシ……アレクシ?　どうした?　具合でも悪いのか」

トールに声をかけられて、アレクシはハッと顔を上げる。

「あ……陛下、申し訳ありません。少々考えごとを。宝玉について……もう一度神殿を探索してみようかと思いまして」

つい今し方まで、エイノのことを考えていたのがバレてしまう、とバツが悪くて、咄嗟《とっさ》に神殿のことを持ち出した。しかし、口にしているうちにいい考えのような気がしてくる。

神殿は、十八年前の事件の後封鎖されたままであり、それ以降ほとんど人は立ち入っていなかった。

改めて探索すれば、もしかしたらなにかこれまで気づかなかったものが見えてくるかもしれない。

一人の神官もいなくなった場所に、手がかりが残されている可能性は低いが、行かなければそれはそれで後悔しそうであった。

「なるほど……それは確かに。今だからこそわかることがあるかもしれない」

トールもアレクシの案に賛成する。

「では……早速、午後にでも行って参ります」

表面を取り繕いながら、謁見の間を後にし、屋敷への足を速める。

エイノに紋章が宿ったことはとても喜ばしいことだ。この国の希望の象徴のようにも思える。だが、それとは別にアレクシの内面はエイノのことでいっぱいで、表情に落胆の色を見せていた。

「アレクシ殿、どちらへ」

だから普段は犯さないミスも誘発されてしまう。

「フレイ山へ」

「おや、今さらフレイ山ですか」

訊ねたのがザレスであることに一瞬気づかず、そしてうかつにも行き先を告げてしまう。

「急に陛下をお訪ねになったことといい、なにか隠し事でもあるようですね」

「別に。ザレス殿には関係のないことです」

「そういえば、先ほど陛下のお声が廊下にまで聞こえましたが。紋章がどうのと」

紋章、という言葉を耳にして、アレクシの顔色が一瞬変わった。

切れ者のザレスがそれを見逃すわけがない。その一言で状況の変化を知ったことは想像に難くなかった。

そして、アレクシとの会話から数日後、ザレスが宮殿から姿を消した。

＊＊＊

鏡の前に立ったエイノはしきりに首筋に手をやり、何度もそこを撫でる。

「やっぱり……消えないよね……」

何度も撫でさすった場所には、炎の形をした紅色の文様が浮かび上がっている。今はまだ淡い紅色といった程度の色味だが、先日、高熱を発したときにはここが燃えるような緋色に輝いていたらしい。

「本当にこれが……紋章なのかな……」

まだエイノはこれが竜の力を覚醒させるという紋章であることについて、半信半疑であった。というのも、この紋章がどんな役割を果たすのかあまり知らない。竜にとってどんな影響をこの紋章は及ぼすのか、言い伝えでは曖昧でよくわからないのだ。

おとぎ話的な伝承では、紋章を持つ神官が宝玉の力を得ると、竜がそれまでの姿から変化して、今までとは違う新たな力を持つというものだった。その描写は想像するととても現実的ではなくて……

だからこそ自分がそこに関わるとは考えられないのである。

「ランヴァルド先生に聞いてみるのが一番だよね」

伝承についても確かランヴァルドは詳しかったはずだ。訊けば教えてくれるだろうか。けれど訊くためには自分の紋章のことも話さなければならない。紋章持ちがいると知ったらランヴァルドはきっと喜ぶはずだ。だが、果たして自分に現れたのは本物の紋章なのだろうか。もしランヴァルドに話した後——この文様が紋章ではなかったとしたら、真剣に研究を続けている彼をがっかりさせてしまうかもしれない。

ぬか喜びに終わってしまったら、と思うと、それを打ち明けるのも少し気が重いが、竜のためならば、彼に訊くことは避けては通れない道だ。

「ランヴァルド先生……あの、質問をしてもよいでしょうか」

エイノはとうとうランヴァルドへ声をかけた。

「なんだい？　そんなに改まって」

どうしたの、とランヴァルドがクスクスと笑いながら返答した。

「少しお聞きしたいことがあって」

「どうぞ。私にわかることだといいけれど」

思い切って話を切り出す。

「あの……かつていらっしゃった神殿の神官様には竜を覚醒させるための紋章があったのですよね」

「ん？　ああ、そうだね。それがどうかしたの？」

いきなりエイノが紋章のことを切り出すものだから、やや不思議そうな顔をしてランヴァルドは聞き返した。

「いえ……その……」

話しかけてはみたものの、自分の身体に紋章が現れたとはなかなか口にできなかった。様子のおかしいことに気づいたのか、ランヴァルドは次の言葉をけっして急かすことはなかった。

「……ランヴァルド先生は、神官様にお会いしたことはありますか」

「いや、お目にかかったことはないね。その頃は私もまだ学生だったし——ただ、女性が多かったとは私の恩師から聞いています」

「女性が多かったんですか？」

はじめて聞いた、とエイノは目を瞬かせた。

「ええ、そう聞いています。昔は男女問わず紋章持ちは珍しくなかったらしいですが、十八年前の事件のときにはごく数人だけだったらしいですね。それもすべて女性だったとか」

なるほど、とエイノは頷くが、そもそもなぜ紋章を受け継ぐ人間自体が減ってしまったのだろうか。新たな疑問が芽生え、エイノは再びランヴァルドにそれをぶつける。

「どうして、紋章を持つ人が減ってしまったんでしょう」

「ふむ。そうだね……。それについてはいくつか説があるんだが、やはり竜という生物と人間との距離が離れつつあるということがひとつあるかもしれないね。竜に頼らずとも人間は豊かな暮らしができるようになってきた。それと同時に、環境が竜にとっては少々過酷になってきたのかもしれない。

彼らは澄んだ空気と澄んだ水が大好物だから」

窓のほうへ足を進めながら、ランヴァルドはそう言った。

そうして窓を大きく開ける。爽やかな風が部屋に入り、エイノの頬をすっと撫でていった。

「本当にフレイ山のこの空気はとてもおいしい。本来、空気に味など感じることはないだろうが、おいしいという表現が本当にぴったりくるほど、吸うだけで滋味を感じられるよ。呼吸するたび心も身体もきれいになっていく気がするね」

ランヴァルドの言うことに首を縦に振る。

エイノはほとんどユミルナから出たことはないが、去年アレクシに連れられて隣のファバルへ行ったことがある。ファバルといえば先進的な蒸気機関で有名だが、エイノはあまり心を惹かれることはなかった。

蒸気機関車はとても速いし、荷物もたくさん運ぶことができる。けれど、もくもくと吐かれる煙は非常に黒くて、窓を開けていると風向きによっては煤だらけになってしまう。顔に煤がついたのをアレクシがハンカチで拭ってくれたが、その黒さを見て、エイノは驚いてしまったのだ。こんなに黒い煤があれだけ外に撒き散らされたら、空気はどれだけ汚くなってしまうのだろうか、と。

また、ときに飛び散る火の粉が周囲の木々を燃やすこともあるという。

森林火災は自然の多いユミルナにとって大敵だ。だとすれば、よけいにそのような乗り物を受け入れるのは気が進まなかった。

ランヴァルドの言うとおり、竜は澄んだ空気と澄んだ水があるところでなければ健康を保てない。

蒸気機関もこれからの人の生活にはなくてはならないものになるだろうし、否定するつもりはないが、竜たちからはできたら遠ざけたかった。

　この澄んだ空気と水のある、フレイの山をあんな黒い煤にまみれさせたくはない。

「人間というものは、欲深いものだ。苦労するより楽を選ぶし、一度覚えた便利さを手放す勇気はない。自然を破壊し、竜だけでなく動物たちとの共生をはかろうとせず、我欲のみを優先させてしまう者も多い。ユミルナはまだ豊かな自然があるが、周辺国はそうでないところも増えてきた。動物たちが、自然が人間に愛想を尽かしてもおかしくはないと思うよ」

「竜に……いえ、自然そのものに対する関心が薄くなったから……でしょうか」

「かもしれない。言い伝えにもあったけれど、人間も竜とともに生きるために、この自然を守ると約束した——このくだりがすべてなのだと私は考えているよ。竜が本当に天の使いかどうかということはいったん置いておくが、それでもこの世には不思議な力が数多く存在する。そのひとつが紋章というものであったのだろうね。きっと人間の目に見えるかたちで、約束をいつまでも覚えていられるようにした。そして、その約束を人間は忘れようとしているから、紋章もなくなろうとしている……そう考えると納得がいく」

「では、竜との約束を守ればまた紋章を持つ人間が増える、とも考えられますか」

　ランヴァルドは顎に手を当て、少し考え込むような素振りを見せ、それから口を開いた。

「エイノくんの推察が当たっているといいね。竜や自然を愛する者がもっと増えれば、案外また紋章を持つ者が出てくるかもしれない。ああ、それはとても希望が持てることだ」

ランヴァルドと話をした後、エイノは少し疲れたのか、うたた寝をしてしまった。普段は滅多にしないことなのだが、急に眠気が襲ってきたのである。

そしてどういうわけか、意識が沈んでいくほど、エイノの頭の中に、様々な映像が押し寄せ流れ込んできたのだ。

それはエイノの知らない記憶の断片ばかりだった。様々な時代の人々が竜に乗って大空を滑空していたり、戦っていたり、それから身を寄せ合いともに暮らしていたり……。泣いていたり苦しんでいたりもしていたが、笑顔もたくさんある。

（これは……紋章の記憶……？）

様々な人に宿っていた紋章の積み重なった記憶――紋章を宿した者たちの半生がエイノの中に入り込んでくる。うれしい気持ちや悲しい気持ち、寂しい気持ちに楽しい気持ち。希望もあれば絶望もあり、エイノはそれらの感情を受け止めきれなくて自然にボロボロと涙をこぼしてしまった。

だがそれはけっして不快なものではない。

むしろ、あたたかな……なにかに大事に抱かれているような、そんな心地よさすら感じ、流れ込む感情のすべてをこの手で抱きたいとさえ思ってしまうのだ。

（そうか……そうなんだね……）

紋章が見てきたすべての歴史をエイノは受け止める。

かつてレオンという騎士が再び繋いだ竜との絆《きずな》。彼らとの約束を違《たが》えない限り、紋章と宝玉がこの絆を守り続ける。

自分たち人間は彼らと尊重し合い、受け入れ合わなければならない。

ランヴァルドの考察どおり、互いに手を携えてはじめてすべての力が得られるなら――。

（僕は竜たちとの架け橋にならなくちゃならない……）

そう悟った瞬間、雲が晴れるようにあたりが明るくなる。そうして一条の光がエイノを導くように射し込んできた。

「――――っ」

その眩しさに、ハッとエイノは目を覚ます。

（今見ていたのは……）

じわりと熱を持つ首筋に手を当てる。紋章はエイノの手に応えるように、ドクン、とひとつ脈を打つように震えた。

「僕はこの紋章で竜になにかできるのかな……」

エイノは試しに、と思いながら竜舎へ向かった。もし先ほどの記憶どおりなら、自分には竜たちを本来の能力に戻す力があるはず、そう考えたのである。

（あんなに強いのに、まだ別の能力があるんだろうか）

伝承が本当で、今以上に強くなれば、きっとアレクシは喜ぶだろう。騎士団に強い竜がいるというのはそれだけで他国にとっては脅威だ。

しかしエイノはその強さよりも先に、もっと別のことを望んでいた。

(ヒンメルがちゃんと成竜になるといいな)

いつまでも小さな身体の竜ではヒンメルも可哀想《かわいそう》だ。彼自身、もう十八年以上あのままの姿であり、それはそれで可愛らしいが、彼にとっていいとは言えない。ヒンメルは他の竜とも色や瞳の色が違う。ランヴァルドも白い竜は平和の使いだと言っていた。だとしたら、きっとあの子は特別な竜なのだから、あのままの姿でいていいわけがない。

それに、この十八年間新しい竜の誕生がなかった。エイノの紋章があれば、また新たな竜の誕生も望めるとアレクシも言っていた。

(早く……アレクシ様のお役に立ちたい……)

その思いを胸に勢い勇んでエイノは竜舎へ駆け込んだが、いくら側にいて、時間が過ぎても竜たちの様子に変わりはなかった。

またエイノ自身にもなんら変化もなく、先日紋章が発現した際の発光や、身体に満ち満ちた不思議な感覚もなかった。首に手を当ててもそこはただ汗ばんだ肌でしかない。

「そんな……」

エイノは愕然《がくぜん》とし、がっくりと肩を落とした。

「みんな……僕はどうしたらきみたちにもとの力を与えてあげられるの……？」

エイノはシーヴに抱きついて唇を噛む。

そうしていなければ、涙が止まらなくなりそうだった。

いつの間にか足元に寄り添っていたヒンメルがキュウ、と小さく鳴き声を上げる。

「ヒンメル……来てくれたんだ。ごめんね、僕はまだきみを大きくしてあげられないみたい」

泣くのを我慢しているせいで、顔が複雑に歪む。

ヒンメルはそんなエイノを慰めるように小さな翼をパタパタとはためかせて飛び、キュウキュウと鳴きながらエイノの周りをくるくると回っていた。

「ありがとう、ヒンメル。……そうだね、落ち込んでいてもはじまらないよね」

エイノは飛んでいるヒンメルを捕まえると、ぎゅっと抱きしめた。

「明日図書館に行ってくるよ。まだ書物を全部読んでいないから……なにかわかるといいんだけど。でもアレクシ様のためだもんね。こんなことでめげてちゃいけない」

エイノは自分に言い聞かせるように、そう言い、ヒンメルに小さくキスをした。

どうしたら自分は力を使えるようになるのだろう。

せっかく得た紋章なのに、これではなにもできない今までの自分と変わらない。自分のできることはなんでもする、エイノはそう決心した。


数日前から、アレクシはランヴァルドを伴ってフレイ山の調査に入っていた。

十八年前の悲劇の際、既にすべて調べ尽くしていたのだが、なにか見落としていたものがあるのではないかと再調査に赴いているのだ。

ランヴァルドがフレイ山の調査にかかりきりのため、エイノの手伝いもしばらく休みだ。タイミングよく調べ物をする時間を得られたため、エイノは王立図書館に通い詰めていた。

王立図書館は、国の伝承や記録を収めた機密情報などのほとんどを保管していることから、ここへの入館許可は、本来エイノのような街の学校に通う者には与えられない。貴族か役人、そして王立大学の教師と学生のみが手続きを踏んで得るものである。だが今回ランヴァルドの助手ということで、トールから特別に許可が与えられている。

特別許可証を守衛に見せて、入館する。既に何度も足を運んでいるエイノは、すっかり守衛と顔見知りだ。ことにエイノは真面目で礼儀正しいこともあり、守衛もエイノがやってくると笑顔で迎えてくれるようになっていた。

「こんにちは。今日は少し暑くなりそうですね」

入館記録簿に名前を記入しながら、エイノは守衛に話しかけた。

「エイノくん、こんにちは。今日も随分早いんだね」

「はい。調べたいことがたくさんあって」

「ランヴァルド先生のお手伝いもたいへんだねえ。あんまり無理をするんじゃないよ」

初老の守衛にそう言われ、エイノは笑顔を返す。

本当はランヴァルドの手伝いではなく内緒で来ているため、少しばかり良心が咎めつつ、心の中でごめんなさい、と守衛に謝った。あまり長く話をしているとよけいなことを言ってしまいかねないので、「ありがとうございます」とだけ返事をして、そそくさと閲覧室へ入っていく。

ユミルナ王立図書館の蔵書数は周辺諸国と比しても、かなり多いと言われている。それだけこの国は歴史があり、長く王家が存続しているということの証左である。

この国の建国は、伝承にもあるとおり、ヴェリス王の息子レオンが竜と誓いを交わしたときと言われている。よって、それだけ長くこの国の人々は竜とともに生きてきたことになるのだ。

しかし、その当時の書物はほとんどない。

たった十八年前までは存在していた紋章のことを調べたくとも、それがもう当たり前すぎて、記しているものがないのである。以前も多少は探したが、見つけることはできなかった。あとは、さらに古い歴史書と古文書を探すしかないのだろう。

「なかなか見つからないな……建国記には書いていないし……」

夢中になって調べていたが、ぴったりとくるものはない。少し根を詰めすぎたので休憩しようと思ったとき、伝承にまつわる一冊の本が目に入った。

それは、書架に並べられている他の本と違って、装丁がとてもきれいでエイノの目を惹いたのである。なんとなく手に取って、ぱらりとページをめくる。

今までずっと堅苦しい、古語で書かれた本しか目にしていなかったが、その本は口伝などの伝承を集めたものらしく、とても読みやすい。エイノも知っているものから、まったく知らないものまで様々な言い伝えが記載されており、休むことも忘れて思わず読み耽《ふけ》ってしまった。

「あ……」

エイノはそのうちのあるページで手を止めた。

そこには竜にまつわる伝承が書き連ねられており、その中で竜の鱗に関する記述に、最愛の人に虹色の竜の鱗を贈る、とあったのだ。

「虹色の鱗……？」

竜の鱗は硬く、容易に傷つかない。そのような竜の鱗の中でも特に虹色のものは、幼生から成竜になるときの脱皮時に脱鱗した逆鱗で、昔から非常に貴重なものだったという。その美しさと希少さから一生に一度の恋、壊れることのない愛、という意味を持ちプロポーズのときに贈る風習があるのだということだった。

エイノは自分の首に提げてある、ペンダントへ視線をやる。

そこにある虹色のそれは竜の鱗をペンダントに加工したもの――アレクシからもらったエイノの大切な大切な宝物だ。

幼い頃から「お守り」だと信じていたそれに、そんな意味があったとは。

「最愛の人に……って……」

エイノはぎゅっとそれを握り締める。

アレクシは自分など、昔から可愛がっている弟のようなものだと思っているはずだ。家族同然に近しく付き合ってくれているが、所詮主人と使用人という関係。

それに彼は王族の出で、自分は本当の親もわからない、ただの捨て子だった。身分の差は歴然であり、それはいかんともしがたいものである。

「アレクシ様はやさしいから……」

彼はきっと恋愛の意味ではなく、泣き止まなかった幼子を放っておけず、この虹色に輝く美しい鱗を「お守り」としてエイノに授けたに過ぎない。たぶん、それ以上でもそれ以下でもなく……それだけのことだ。

もし仮にこの言い伝えを彼が知っていたとしても、彼にとっての「最愛」は家族愛なのだろうとエイノは考えた。アレクシは、腹違いであるが兄である国王トールのことを心から敬愛している。アレクシ自身、実の母親を早くに亡くしていることもあって、家族というものをとても大事にしているのだ。だからこそ、この鱗をエイノに授けたのは、彼自身が拾ったエイノという存在を家族だと思っているからに違いなかった。

「だけど、僕が勝手に想《おも》っているのはいいよね……」

それでも「最愛の人」に贈るものが自分の手にあるのは気が引けると同時に、くすぐったい気持ちになる。アレクシの本意ではないにせよ、エイノが夢を見ることは自由だ。

ほんのちょっぴり、自分がアレクシの最愛の人である、という気分に浸ることができて、エイノはそれだけで十分幸せだった。

とはいえ、やはりこれをずっと持っているというのは違う気がする。

「いずれ……アレクシ様がご結婚なさるときに……これはお返ししなくちゃ」

エイノはアレクシの一番にはなれないとわかっている。この国で結ばれることも、彼の血を後世に残すこともできないのだから。
けれどそれまでの間——アレクシに本当の恋人ができるまでは、束《つか》の間《ま》の夢を見たい。そう思ってエイノはもう一度虹色の鱗をぎゅっと握り締めた。

やはり図書館でエイノが調べても、なにも出てくることはなかった。

これだ、と思う記述があっても、肝心の紋章のくだりになると、ぼかされていてよくわからないものばかりなのだ。

一番詳細に書いているのが、エイノたちユミルナの国民なら誰でも知っている民話であり、結局それ以上のことはなにもわからなかった。

「——竜は誓いの印として騎士に自らの目を与え、それは宝玉となり、またその契約の印としてレオンはその身体に紋章を刻みました。——それ以来勇気あるレオンの子孫は、竜との約束を守るための印である紋章を持つことになったのです——か」

学校の昼休みの時間、幼い頃から大事にしている絵本をエイノは読んでいた。そうして読み終えた本を閉じ、はあ、と大きく息をつく。

あれから考えても考えてもなにも解決はできず、こうして学校にまで絵本を持ってきている始末だ。

「この前見た……夢……みたいなの……あの中でも、紋章って出てこなかったし、本当にこれが役に立つのかな……」

独り言を言いながら、エイノが首筋に手を触れる。

「エイノ！　なに読んでるのさ」

ルッツが名前を呼びながらエイノのところに駆け寄ってきた。

「ううん、なんでもない」

エイノは咄嗟に絵本を隠そうとした。が、ルッツはすばやくエイノから本を奪い取る。

「ルッツ！」

「別にいいだろ。え、もしかして変な本？　エッチな本とか！」

「違うって」

「ホント？」

ニヤニヤしながら、ルッツはエイノの本を開いた。しかしそれはルッツが期待しているようなものではなく、単なる絵本である。ページを繰った途端、ルッツが「あー……」と明らかにがっかりしたような顔をした。

「だから言ったのに」

はあ、と呆れたようにエイノが溜息をつく。

「真面目なエイノが隠して持っているから、これは！　って思ったんだけどなあ。絵本かあ……」

「がっかりさせちゃったみたい。ごめん」

「エイノが謝ることないだろ。俺が勝手に奪い取ったんだしさ。それより、絵本なんか持ってきてどうしたわけ？」

「う……ん、なんでもないよ。ちょっと読みたくなっただけ」

普段どおりにしていれば、紋章はシャツの襟に隠れて見えないだろう。じっとよく目を凝らさなければわからないはずだ。

この紋章のことはまだ親友のルッツにも言えない。アレクシからも、隠しておいたほうがいいだろう、と言われたこともあり、エイノは話を誤魔化した。

「でもどうしたの。いつもなら僕の持っている本に興味なんかなかったでしょ」

いつものルッツならこうして無理やりエイノの本を取り上げたりはしなかったはずだ。なのに、今日に限って、珍しく強引な真似をする。

「だって、エイノ、しばらく学校休んでから、ずっと元気ないしさ」

言われて、エイノはハッとした。

自分が鬱々としているのをルッツは感じていたらしい。いつもどおり振る舞っていると思っていたのは、どうやら自分だけだったようだ。友達に心配をかけてしまった、とエイノは反省する。

「ごめんね。ちょっと……ランヴァルド先生のお手伝いで失敗しちゃって」

本当は失敗などなにもしていないが、言い訳のためにちょっぴり嘘をつく。ランヴァルドには申し訳ないと思ったが、このくらいの嘘であれば彼は「嘘も方便だからね。気にすることはないよ。エイノくんの友情のために役立つならどんどん言って構わない」と、きっと笑い飛ばしてくれるだろう。

「そっかぁ。失敗するとへこむよなあ。……そうだ、今日ニコんとこに行くんだけど、エイノもどう？　パーッと遊んで憂さ晴らししよう？」

　ニコは隣の教室の同級生で、ルッツとは幼なじみで仲がいい。エイノもニコとは顔見知りで何度か話をしたことがある。彼は少々不真面目なところはあるものの、愛嬌《あいきょう》があって憎めない男だ。

「ルッツ、ありがとう、でも……」

　言葉を続けようとしたところで、それにさ、とルッツがエイノの耳元に顔を寄せ、そっとこんなことを囁《ささや》いた。

「ニコ、ついに童貞を卒業したらしいんだ。それがさあ、相手が酒場のグレーテなんだって。あのめちゃくちゃ美人のさ。ホント、いいよなあ。美人のお姉様に筆おろししてもらうとか夢じゃん。それにさ、グレーテはなんかすごいこともしてくれたらしいよ。とても口では言えないこともしたんだって。あー、羨ましい。俺も早く童貞卒業したいー」

　聞いているだけで恥ずかしくなるようなことを言いながら、ルッツはエイノを誘った。

　だがエイノは静かに笑顔を作って「ごめん」と謝る。

「ごめん、ルッツ。僕、ほら、ランヴァルド先生の手伝いがあって……その……今日は早く帰らないといけないんだ」

　またしてもランヴァルドを引き合いに、今度は本当の予定で誘いを断った。

「えー、またあ？　最近全然遊んでないからと思ったんだけど。……でもしょうがないよなあ」

　明らかにがっかりしているルッツにエイノは内心で再びごめんと謝る。

　近頃、クラスのみんなは恋愛話に花が咲いている。そういう年頃だからということもあるが、誰が誰と付き合っているとか、初体験をすませたとか、そういう話が飛び交っていた。中には生々しい行為の様子などを自慢話として喋る同級生もいる。

「うん、本当にごめんね。みんなによろしく言っておいて」

「わかった。でもさあ、エイノってモテるくせに、いつも断っているけど、彼女が欲しいって思ったことない？　ほんとはもうちゃっかり彼女がいるとか」

訊かれてエイノの心臓がドキンと鳴った。恋人は欲しいとは思うが、それは女の子ではない。エイノにとって一番側にいてほしいのはアレクシだけで、アレクシ以外の人とそういう仲になりたいとは思ったことがない。

「いないよ。そんな人」

「えー、じゃあ、好きな人もいないわけ？」

好きな人はいる。いるけれど、けっして叶わない恋だ。

けれど叶わないのははじめからわかっていること。

「いないよ。それに僕は……今は無事に学校を卒業することだけ考えたいから……」

これは本当のことだ。エイノにとって、きちんと学校を卒業し、そしてできることならアレクシの側にいて、彼の役に立ちたい。それがエイノの願いなのだから。

「なに言ってんの。エイノの成績で卒業できないことないじゃん。……あっ、そっか大学進学勧められてるんだっけ」

「大学は……別に……」

「またそんなこと言って。エイノくらい成績がいいなら奨学金だってもらえるから——あ、鐘が鳴った。早く席に着かないとまたお小言食らっちゃう」

そう言うと、ルッツは自分の席に戻っていった。

ルッツにはああ言ったものの、経験のないエイノにも、性的なことへの興味はある。

好きな人の側にいれば、抱きしめてほしくなるし、キスもしてほしいと思ってしまう。先ほどルッツが口にしていた、破廉恥な行為だって興味がないわけではない。

（アレクシ様はどうやって女性を抱くんだろう……）

以前ルッツたちが持っていた本を見せてもらったことがある。内容が官能的すぎて恥ずかしくなり、すぐに閉じてしまったが、ときどきそれを思い出し、睦《むつ》み合う二人にアレクシと自分とを重ねて想像してしまう。あの逞しい身体に抱かれたらいったい自分はどうなってしまうのだろう。

唇を奪われ、首筋や胸元にキスを受け、そして……。

（…………！）

以前夢で見た、アレクシとのキスを思い出す。

あれは本当に現実のような感覚だった。濡れた熱い唇がエイノの唇に触れていた。あれが現実だったらよかったのに、と何度もあの感触を思い出すほどである。

そしてあのキスのことを思い出すと、身体の芯がジン、と痺れるように熱くなってしまうのだ。

（やば……っ）

無意識にそのことを考えたせいで、身体の芯に火が点《つ》きそうになって、深呼吸して必死に堪《こら》えた。

「エイノ、次のところを読んで」

先生に当てられて、エイノは我に返る。

「は、はいっ」

エイノは立ち上がり、教科書に書いてある部分を声に出して読む。今まで不埒なことを考えていて、少し焦ってしまい声が上擦ったが、先生や周りのクラスメイトは気づいていない。どうやら、なんとか乗り切れたようだ。

「はい。ありがとう。では――」

先生も満足そうに、授業を進めていた。

ふう、とエイノは誰にも知られないようにひっそりと息をつく。

(危なかった……まったく、僕は馬鹿じゃないか……)

冷や汗をかきつつ、席に着く。だが、それからも授業に集中できず、ぼんやりとしていた。

悶々《もんもん》とする心と身体を持て余しながらも、けれど絶対に口にしてはいけない自分の恋。苦しいことは百も承知なのに、この恋心は消えてなくならない。なくなってしまえば楽になれるとも思うけれど、それはやっぱり嫌なのだ。

小さな頃はよかった。無邪気にアレクシに抱きついたり、触れ合ったりしていたのだから。エイノが泣くと彼は抱き上げて、やさしく額にキスしてくれた。――けれどもうそれはできないことだ。

昔は早く大きくなって、もっとアレクシの近くにいられるようになればいいと思っていたけれど、成長してしまった今、昔よりも距離が開いてしまったような気がしてならない。

泣きたいような寂しい気持ちが、風のようにエイノの中を駆け抜けていった。

「それじゃ、また明日ね。ニコたちによろしく」

「今度はエイノも一緒に行こうな。またな！」

それは、学校が退《ひ》け、エイノはニコたちと遊ぶというルッツと途中で別れ、人通りの少ない道から屋敷へ向かおうとしたときだ。

「きみがエイノか」

すっと影のように背後から近づいてきた男がそう囁くなり、エイノの口元を手で覆った。それがあまりにも自然だったから、エイノは動転して声も出せずにいた。男はエイノの身体を羽交い締めにし、無理やりにどこかへ連れていこうとする。

攫《さら》われる、咄嗟にそう思った。

しかし声を出そうとしたものの、男の手で口を塞がれたままで声にならない。さらにじたばたともがいてもみたが、男の力は強く身動きができなかった。

「〜〜〜〜〜！」

どうにか抵抗しようと、エイノは自分の口を塞いでいる手に嚙みつく。が、男はそんなことにはまるで動じる様子はなく、エイノを抱き上げようとした。

助けを呼ぼうにもこれでは呼ぶことができない。このままこの男に連れ去られてしまうのか、そう思ったときだった。

「エイノ！」

よく知る声がエイノの名を呼んだ。

（…………！）

その声を耳で捕らえたエイノは必死でもがき、声のほうへ顔を振り向けると、そこには馬に乗ったアレクシの姿があった。その後ろにも数頭の馬が連なっている。

アレクシはすぐさま男に捕まっているエイノのほうへ馬を走らせる。

「アレ……ク、シさ……！」

エイノもどうにか男の手を逃れようと力いっぱい抵抗し、かろうじてできた隙間からどうにか声を出した。聞き取れるかどうかというくらいの小さな声だったが。

するとアレクシが馬上から、鞭で男の身体を打ち据えた。男はその衝撃に身体を揺らし、エイノを羽交い締めにしていた腕を緩める。その隙にエイノは男の腕から逃れることができ、今だ、とすかさず地面を蹴って走り出す。

「エイノ！　こっちだ！」

アレクシが馬上から叫ぶ。

彼のほうを見ると、エイノに向かって手を伸ばしていた。

「アレクシ様……っ！」

エイノが彼の手を取ると、すかさずその手を引かれる。身体がふわりと浮いたかと思った途端、あっという間にアレクシに抱き留められた。

「行くぞ！　摑まっていろ！」

言うなり、アレクシは馬を走らせる。そのスピードは速く、この前街から帰ってきたときのようなのんびりしたものではなかった。必死でしがみついていなければ振り落とされかねない。

頬に当たる風を受けながら、歯を食いしばる。やがて、その風の勢いが弱まり、馬が止まった。

「もういいぞ」

まだ、身体を強ばらせているエイノにアレクシがやさしく声をかける。その声で、やっと自分が助かったのだとエイノは実感した。

見上げると、なだらかな丘の向こうに城が見えた。カールフェルトの屋敷とは逆方向である。こんなところまでやってきて、アレクシはどうしようというのだろう。

「間に合ってよかった」

ほう、と大きく息をつきながら、アレクシが言う。

と同時に、自分たちを追ってきた馬の隊列が近づいてきた。

「アレクシ！　エイノくん！」

あれは。

エイノは声のほうへ顔を振り向ける。そこには馬に乗ったランヴァルドがいた。

「ランヴァルド先生」

あまりに必死になっていて、まったく気がついていなかった。アレクシの他に馬が連なっている気配は感じていたが、ランヴァルドだったとは。

「まったく、アレクシときたら。置いて行かれる身にもなってほしいものだね」

疲れ果てたとばかりに、溜息交じりでランヴァルドが言う。

「すみません。エイノの安全を一番にと思っておりましたので」

「それはそうです。とにかくエイノくんが無事でよかった」

「ええ。ランヴァルドの言うとおりでした」

二人の会話がエイノにはまったく見えてこなかった。そもそもなぜ自分が攫われそうになったのか、その理由すらまるでわかっていなかったためである。

「すまない、危険な目に遭わせてしまったな」

「いえ……でも、なぜ僕を……」

突然襲われて困惑しているエイノにアレクシが説明する。

宰相のザレスが国王を失脚させようとしていること。革新派の若者を煽動《せんどう》してなにか企《たくら》んでいること、そしてどうやらエイノの紋章のことを知られたこと。

「革新派にとっては、竜が本来の力に目覚めては都合が悪い。だからエイノをどうにかしようと思ったのだろうな。……あのとき、陛下との話を聞かれてしまっていたのが痛かった」

「いやいや、アレクシのせいではありませんよ。遅かれ早かれ、こうなっていたことは明らかでした。しかし危ないところだった」

フレイ山での調査報告をするために登城した際、ランヴァルドは革新派の若者が城でザレスの部下と話をしているのを見かけ、さらに彼らが「紋章」と口にしていたことで、もしかしたらエイノの身辺になにかあるのでは、と考えてアレクシに相談、二人はエイノの元に急行したのだという。

どうやら自分は狙われて連れ去られようとしていたらしい。この紋章のせいで。

そっとうなじに手を当てる。ここはまだなにも反応しない。模様も現在あるかどうか、というくらい薄く痣《あざ》が広がっている程度で、果たして本当に力を発揮することができるのだろうか。

この前感じた記憶の流入も、今になってみれば、夢だったのかもしれないと思えてしまう。

「あと僅かでも遅かったら、攫われていたところでした。ランヴァルド、読唇術とはお見事です」

「少し離れたところにいましたから、唇を読むのが精一杯でしたが、とにかくよかった」

そんな特技も持っていたのか、とエイノは感心したが、そのおかげで助かったらしい。

「寿命が縮む思いをしたよ」

よかった、とアレクシがエイノを心配そうな目で見つめる。その表情から、本当に自分に危険が迫っていたと知ってエイノはぞっとし、二人に助けてもらったことに感謝する。

「アレクシ様、ランヴァルド先生、本当にありがとうございました」

エイノが礼を言うと、アレクシがやさしくエイノの肩を抱く。

「当然のことをしたまでだ。さあ、帰って休もう」

その言葉にエイノが頷くと、横から「待ってください」とランヴァルドが口を挟んだ。

「屋敷にエイノくんを戻すのは悪手かもしれません。おそらくまた狙ってくるでしょう。どこか無事でいられる場所があればいいのですが」

　ランヴァルドは考え込む。

　そうしてはたと顔を上げ、丘の向こうにある城へ目をやると「なるほど」と一人頷いた。

「エイノくんは、城で預かってもらいましょう。屋敷では安全が担保されませんが、城ならよほどのことがない限り大丈夫かと」

「わかりました。確かに城ならば屋敷よりはましかもしれませんね。国王陛下には私から話をします。嫌とは言わないでしょう」

　二人の会話を聞きながら、エイノはかなり深刻な事態になっているのだと、改めて実感する。だが自分にできることなどなにもない。

　可能なことといったら、アレクシとランヴァルド以外に隙を見せないようにするくらいか。とにかく二人の言うとおりにするだけだ、とエイノは城に向かうことにする。

「では、私は屋敷に戻るとします」

　今度はきちんとアレクシの後ろに跨がって、いざ城へと馬を向かわせようとしたとき、ランヴァルドはいきなりそんなことを言った。

「ランヴァルド？　屋敷とは？」

　アレクシは戸惑ったように聞き返す。行き先は屋敷でなく城ではないのか、と。

　だがランヴァルドはウインクをして、小さく笑う。

「きみたちは急ぎ城へ向かうといい。私は屋敷に戻りますよ。屋敷がもぬけの殻だと、騙《だま》せる相手も騙すことができないでしょう？　まさか相手とてエイノくんが城へ匿《かくま》われているとは夢にも思わないでしょうから。屋敷にエイノくんがいると思わせることができたら、少しは時間稼ぎになりますしね。レンナルトくんとあれこれ策を講じましょう」

では、と言い置いて、ランヴァルドは早速屋敷へと向かっていった。

「アレクシ様、よいのでしょうか」

馬を走らせるアレクシにエイノは訊ねる。ランヴァルドを危険にさらすことにならないか、と心配でならなかった。

「おまえは気にしなくていい。……ランヴァルドは聡明な方だ。知略で自分の身は守れる。それにレンナルトも屋敷にはいる。頭脳戦なら負けるはずがないと思わないか？」

それはそうだけど、とエイノはなんとなく心苦しいものを感じていた。

「俺も含めてみんな、おまえの身を守りたい、それだけだ」

このまだ役にも立たない紋章のためにこんな目に遭うなんて、と思っているとアレクシは続けた。

「俺は、エイノが無事で元気でいてくれたらそれでいい。紋章は確かに、この国にあったほうがいいのだろうが、そんなものよりも……エイノ自身が一番大切だ。だから城でしばらくおとなしくしていてほしい」

風を切る音とともに聞こえたアレクシの言葉はエイノの心に響く。

アレクシの腰に回したエイノの手に、アレクシの指がそっと撫でるように触れた。

第六章

「大変でございます！」

アレクシとともに城内に入って間もなく、伝令が息せき切って現れる。ちょうどエイノがトールに目通りを願うため、玉座の前で跪《ひざまず》いていたときだった。

「何事だ」

側にいたアレクシがトールの代わりに返事をする。

伝令の様子はとてもただ事とは思えないほどに顔色が悪く、そして表情は険しかった。

「な……内乱が……っ、市民らが城に攻め込もうとしております……っ！」

あまりに焦ったせいなのか、伝令の声はひっくり返り、そして掠《かす》れきっている。その声からも、事態がかなり深刻であることを示唆された。

「内乱だと？」

トールは途端に厳しい顔になり、眉を寄せて伝令に聞き返した。

「はっ！　さようでございます。革新派の市民らが蜂起してこちらへ向かっております。おそらくそう時間もかからず、城に到着することかと」

「なんと……」

その言葉にトールはさすがに言葉をなくす。

「それだけではありません。市民らは……その……」

「なにがあった。はっきり言うがいい」

言葉を濁し、きょろきょろと落ち着かない様子の伝令に、アレクシが言葉を促した。

「そ、それが……、市民らは自走砲を有し、迫撃砲などを大量に持っている様子なのです。榴弾《りゅうだん》砲も動かしておりまして、それが……蒸気機関で動いているようで……」

自分の目で見てもまだ信じられない、と伝令はぶるぶると震え上がりながら、そう口にした。

それを聞いて、アレクシやトール、またその場にいた者たちは言葉をなくし、動揺を隠せないでいた。ユミルナの軍隊ですら、自走砲など持ってはいない。しかも蒸気機関で動くようなものなどあるわけがない。それなのに、一介の市民がそのような近代兵器を持つなど、いったい誰が思うだろう。

「自走砲に榴弾砲だと……？」

市民が火砲を、それも最新鋭の兵器を有しているという事実に皆驚いている。所持している国でも限られた数しか持てないほど高価な兵器を、革新派の若者が手にすることができるほど、彼らは金を持っていないはずだ。

「どこかにパトロン……彼ら若者を煽動する黒幕がいるのだろうな」

トールがそう口にしたとき、ドーン、という大きな音が鳴り響いた。その音は身体に響くほどの轟《ごう》音《おん》で、城さえも揺らすものである。

アレクシもトールも、そしてエイノも顔を見合わせる。

革新派が近くまで迫ってきていることを報せるその音に、エイノはごくりと息を呑《の》んだ。

エイノはこれまで身近に戦の音を聞いたことはない。世話をしている竜たちや、アレクシの竜騎士団など兵士らが、戦いの場に身を置き、自分たち国民のために身を挺していることについても、頭ではわかっているが実感したことはない。だが、はじめてこのような轟音を聞き、身体がぶるりと震えた。

戦というのは――なんと凄まじいものなのか。

まだ遠くで鳴り響く音しか聞こえていないものの、この鼓膜さえも破ってしまいそうな途《と》轍《てつ》もない音は火砲によるものと、エイノとてわかっている。それらは容易に城を焼き、街を破壊してしまうものだ。

想像するだけで怖い。

「エイノ、大丈夫だ」

不安に怯《おび》えるエイノに後ろで控えていたアレクシが駆け寄り、そっと肩を抱いてそう安心させるように言う。

「はい。僕は……大丈夫です。少し驚いただけで」

内心ひどく不安ではあったが、無駄にアレクシを心配させたくないとエイノは気持ちを奮い立たせてそう答えた。

「そうか――」

アレクシがエイノに微笑みかけたところで、またしても別の伝令がアレクシらの前に現れた。

「おそれながら申し上げます……っ！」

はあはあと息を切らし、喘《あえ》ぎながら口を開く伝令に皆の視線が集まった。

「革新派による市民軍は現在、西側の城壁に向かって進軍を続けております！　現在アムルア川を越えているところですので、あと半時もしたら城壁までたどり着くものかと……！」

伝令の報告を聞き、トールが唸った。

「なんと……一番脆《もろ》いところを狙ってくるとは……！　西の城壁は、冬の大雪崩の被害でまだすべての修理を終えていないというのに……だが、その事実を知るのはごく限られているはずだ。中枢にいる者しか知らないことをなぜ……」

トールの言葉から、王城の弱点を知る者と革新派との内通疑惑があることが窺われる。

「どうした、アレクシ」

普段あまり物事に動じないアレクシが明らかに動揺の色を見せている。トールが声をかけたのも当然だっただろう。

アレクシはしばしなにか考え込む素振りを見せた後、重い口を開いた。

「――陛下、実は」

切り出したはいいが、その次の言葉が発せられるまでしばらくあり、それがアレクシが葛藤しながら口にしているということを示していた。

「……実は、ランヴァルドからとあることを伺っておりました」

やや掠れ気味の声は、彼が平静でなくなっていることを窺わせる。それでも必死に冷静さを保とうとしていることは誰の目から見ても明らかだった。

「あること……？」

トールが首を傾げながら訊く。

「はい。その……ランヴァルドが、ザレス殿にはくれぐれも注意しろと」

「どういうことだ。なぜザレスが」

さすがにトールもザレスの名が出てきたため、今にも玉座から立ち上がらん勢いで聞き返した。

無理もない。多少度を越した発言が多いとはいえ、ザレスはトールをずっと支えてきた宰相である。政において、なによりも重用してきたし、トールは彼を信頼していた。

アレクシはランヴァルドから聞いたことをすべて話す。

ザレスが強すぎる歪んだ正義感を持ち、非常に偏った考え方を持っていること、かつて革新派の若者とともに反国王派のサロンへ出入りしていたこと、そして彼がオルソン家とは血の繋がりがなく、結果としてザレスがオルソン家を乗っ取ったという事実をすべて。

「――ですがランヴァルドはこうも言っていました。彼は宰相にふさわしいが、それはこの国に対して、トール陛下に対して忠誠心があれば、の話であると。そしてザレス殿にその忠誠心を持っていてほしいと願っている……と」

すべてを聞いたトールはみるみるうちに顔色をなくしていった。

目をかけ、信頼を置いていた家臣にそのような裏があったことを、トールは信じたくなかったのだろう。

「ザレスを呼べ！」

控えている者たちにトールは言い放った。皆、ザレスを探すためにすぐさま走り去る。

この部屋に残っているのは、トールとアレクシ、そしてエイノだけであった。

「アレクシ……私は間違っていたのか……」

がらんとした部屋でトールが口にする。誰もいないせいか、声がとてもよく響き、トールのその声音はひどく悲しそうに聞こえた。


方々手を尽くしたが、ザレスの姿は見当たらなかった。いよいよ、ランヴァルドの推測が真実味を増してくる。さらに、砲撃の音が徐々に城へ近づいてきた。

「陛下、出陣のご指示を」

アレクシが恭しく跪く。このままでは城もろとも破壊されてしまう。黙っているわけにはいかなくなっていた。

トールはギリ、と歯噛みした後、震える声でこう言った。

「竜騎士団に出陣を命じる。……ただし、被害は最小限に留《とど》めろ。革新派とて、ユミルナの国民であることに変わりはない……くれぐれも……できるだけ傷つけるな……」

常にユミルナ国民のことを慮《おもんぱか》っている王のことだ。この決断に至ったのも苦渋の選択だっただろう。

戦は人を傷つける。強大な武器はそれだけで犠牲者を増やすものだ。また長引けば長引くほど、望むと望まざるとに関わらず、犠牲は大きくなる。早くこの事態を収束させるためには、騎士団の出陣が必要であった。しかし、本当は誰も傷つけたくないという願いがこの言葉に籠もっていることも、その場にいる誰もが理解している。

「御意」

言って、アレクシは立ち上がる。

彼が踵を返し、玉座の間を出ようとするのをエイノは黙って見ているしかできなかった。去り際、アレクシがエイノの側で足を止めた。

「エイノ、ここで待っていてくれ。すぐに戻ってくる」

すぐに、など無理な話だとエイノにもわかっている。が、アレクシはエイノを心配させたくないとそう言うのだ。その大好きな彼のやさしさに、胸の奥がぎゅうと苦しくなった。

アレクシが身を翻し、玉座の間から出て行く姿を見て、いてもたってもいられず、エイノはすぐさま走ってアレクシのあとを追いかける。

「アレクシ様……！」

エイノの声にアレクシが振り向く。飛び込むように追いかけてきたエイノの身体を受け止めて抱いた。

「どうした？　そんな顔をして」

行かないでとはとても言えない。けれど、なにか言わずにはいられなかった。

そのときだ。

「空……ッ！　空に、ものすごく早いスピードでこちらへ向かってくるものが……っ！」

外からそのような声が聞こえてきた。

その声にアレクシもエイノも窓から顔を出して空を見上げた。

生憎、今日は曇り空であった。今にも雨が降りそうなほど厚い雲の合間から、黒い影がちらちらと見えている。鳥ではないのか、とエイノは思ったが、鳥にしては影が大きい。それに鳥の滑空とはまた違う飛び方をしていた。だが竜でもない。と、思うとその影はエイノに迫ってくるように高度を落とし、その姿を現した。まるで船が空を飛んでいるような。あのような大きなものが空を飛ぶなんて。

「くそ……っ、雲が厚くて気づかなかったのだな」

珍しくアレクシが悪態をつき、そうして吐き捨てるように呟いた。

今の今まで気づかなかったことが悔しいのだろう。じっと睨み据えている。

「アレクシ様……あれは」

「飛行船だ。見たところ最新鋭のものだろう。あれから投石でもされたらひとたまりもない」

あれが飛行船というものなのか。

これまで空を飛ぶものというと、竜くらいしか知らなかったエイノには衝撃が過ぎた。確かにあのような大きな乗り物からなにかが落とされたら、避けようがない。それが石や鉄の塊なら、人間はあっという間に死んでしまうだろう。

彼はこれからあの乗り物も相手にしなければならないのだ。

アレクシの表情がいまだかつて見たことがないほど、緊張感に包まれている。

これまでにない危険が迫っている、とエイノも危機感を覚えた。

「エイノ、では行ってくるよ。くれぐれも外には出ないように。いいね」

彼がエイノに背を向けようとしたその瞬間、エイノはアレクシの手を掴み、その手を引く。

行ってほしくない。アレクシを危険な目に遭わせたくない。そんな気持ちがアレクシを引き留めようとしてしまった。

「エイノ？」

普段このようなことはしないエイノに戸惑うようにアレクシが振り返る。彼の声で我に返ったエイノはすぐに手を離した。

「ご、ごめんなさい……。でも心配で……。あんな大きな……空を飛ぶ船とアレクシ様が戦うと思ったら……」

エイノの目から涙がこぼれ落ちた。

「俺は必ず戻る。だから心配しなくていい」

そう言うと、アレクシは離されたエイノの手を取り、そのまま身体を引き寄せる。エイノの背に彼の腕が回り、それから抱きしめられた。

「ア……レクシ……様……？」

彼がエイノを抱きしめる腕の力はとても強く、彼の身体と自分の身体に隙間がなくなるほどぴったりと密着していた。

（アレクシ様の心臓の音……聞こえる……）

それほど身体を合わせ、そして彼の熱い吐息が耳にかかる。

エイノ、と呼ぶ彼の声が鼓膜を響かせた。

「エイノを守りたい。……だから俺は行ってくるよ」

「守りたい……って」

どういうこと、とエイノはおずおずと顔を上げる。そこには愛おしそうに自分を見つめるアレクシの瞳があった。

「エイノのことを愛しているんだ」

彼の口から飛び出した言葉をにわかには理解できなかった。

「あ、愛している……って、僕を弟みたいに思ってくださるから……ですよね。だから……僕を守ってくださる……」

「違う。弟みたいだなんて思っていない」

アレクシはエイノの答えを否定するように、首を横に振る。まさか、と信じられずエイノは目を瞬かせた。

家族ではないとするなら……。だったらそれは……。

「愛していると言っただろう？　俺にとってエイノはかけがえのない、最愛の人だ。俺は、ずっと自分の気持ちに蓋をして気づかない振りをしていた。おまえのことを大事にしていたのに……おまえに対して不埒な気持ちを抱いてしまった。これではいつかおまえを獣のように襲ってしまう。そしてこの気持ちがおまえに知られてしまったら、と怖くてたまらなかった」

「それは……僕のことを」

「おまえに対して欲望を感じていた」

自嘲《じちょう》するように口元を歪めながらアレクシは言う。

「……それって……」

エイノは込み上げてくるうれしさを隠しようがなかった。期待の籠もった目でアレクシを見つめ、続く言葉を待つ。

「そうだ。俺はおまえを愛している。自分でも戸惑うほどに。昔から俺はおまえのことしか見えていなかった」

アレクシの言葉にエイノは目を見開く。まだアレクシは言葉を続ける。

「おまえの素直なところ、頑張り屋なところ、謙虚で健気なところ……ちょっぴり頑固なところ、全部、俺がおまえを見守ってきた。可愛くて大切で、誰よりも……誰よりも一番に想っている」

こんな奇跡があっていいものだろうか。

うれしさのあまり、エイノの目には涙が滲んでくる。両想いだとわかることが、これほどうれしいものだとは知らなかった。

「おまえが、うん、と言ってくれるならずっと一緒に暮らしたい。おまえを幸せにするのは俺であればいい、と願っていた」

抱きしめられたまま真剣な目で見つめられる。

「エイノ。俺をおまえの恋人にしてほしい。誰よりも愛している」

「アレクシ様……」

「おまえも同じ気持ちだと思っていたが、違うのか？」

「いえ、いえ……っ！　僕も……僕もアレクシ様のことが好き……大好き……っ」

精一杯の告白――もう自分の気持ちを隠しておかなくてもいいのだ。エイノは胸を震わせる。

こんな幸せなことがあってもいいのだろうか。もしかしてこれは都合のいい夢なのかもしれない。でも……それでもいい。夢でも……こんな幸せな夢を見られるのなら。

「だから、おまえを守るために行ってくる。そしておまえを幸せにするために必ず戻ってくる」

約束だ、とアレクシはエイノの手を取り、指先にそっとくちづけた。

「……わかりました。待っています。ここで、アレクシ様のお帰りをお待ちしています」

「ありがとう」

アレクシがやさしく微笑む。

「エイノ、これを持っていってくれ」

言ってアレクシが自分の首からペンダントを外し、それをエイノの手にそっとのせた。

「これは……！　アレクシ様の……っ」

それはアレクシが先王から授けられた形見のペンダント。金の細工の台座に、半月形の美しい虹色の石が設《しつら》えられているものだ。

「これは魔除《よ》けのお守りだ。俺をずっと守ってくれていたものだが、おまえに預けておく。きっとこれがおまえを守ってくれるはずだ」

「でも、そしたらアレクシ様はどうなさるんですか。お守りを持たずに出陣なさるなんて」

「俺にはシーヴという、なにより強力な守り神がいる。だからこれはおまえに持っていてほしい」

アレクシの強い願いに、エイノは頷くしかできなかった。

彼がそう言うのなら、そうするまでだ。

「わかりました。お預かりいたします。だから必ずお帰りになってくださいね」

「ああ。必ず無傷で戻るさ。——しかし……正直俺も今回ばかりは少し気が重い。だから、俺に勇気をくれないか」

「勇気……？」

「おまえが俺のものだという証《あかし》が欲しい。——おまえのその可愛らしい唇にくちづけてもいいか」

こっくりとエイノは頷いた。

そんなこと聞かなくても、自分のこの身体も心もすべてアレクシのものなのに。ずっと昔からすべて捧げてもいいと思っていたのだから。

エイノが頷くと同時に、再びアレクシに強く抱きしめられる。さっきまでとはまた違う、熱い抱擁。

彼に縋《すが》りつきながら、エイノは顔を上向ける。ほどなく彼の唇がゆっくりとエイノの唇に重なった。

「アレクシは行ったのか」

シーヴに乗ったアレクシが見えなくなったころ、気がつくとトールがエイノの側にやってきていた。思わず跪きそうになると、トールは微笑んで「誰もいないのだ。堅苦しいことはよい」とエイノにそのままでいるようにと言った。

「ときにエイノ、そのペンダントは？」

トールがエイノの首に提げられているペンダントを見てそう言った。

エイノはふたつのペンダントをつけていた。ひとつは幼い頃にもらった竜の鱗。そしてもうひとつは先ほどアレクシから授けられた先王の形見のペンダント。

「これは……先ほど、アレクシ様が僕に持っているようにと。魔除けのお守りだとおっしゃっていました」

トールは「そうか」とひとつ頷く。

「それを渡したということは、アレクシはおまえに思いを告げたのだね」

「え？」

エイノはきょとんとした顔になる。その顔を見ながらトールは笑みをこぼす。目尻を下げたその笑顔がとても温かく、こんな顔をなさるのだ、とエイノは親近感を持った。

「エイノ、あれはおまえのことが大事で仕方ないようだ。愚弟をよろしく頼むよ」

「え!?　え!?　へ、陛下……！　な、なにを……」

あわあわと慌てるエイノにトールは、ははは、と高笑いをする。

「そんな顔をしなくていい。アレクシがおまえに懸想していたのを私は知っていたのだからね。本当に目に入れても痛くない、というくらい、いつもおまえの話を私にしていたのだよ。そうか……よかった。守る者がいれば、あの男ももっと強くなる」

ふふ、とトールはエイノに微笑みかけた。

「陛下……でも、僕のような者が……アレクシ様のお側にいてよいものなのでしょうか」

想いが通じ合ったとはいえ、王家に連なる彼に、自分のような素性の知れない者が側にいるのはやはりよくないのではないか、そう思いながらエイノはトールに訊ねた。

「気になるのか？」

「……はい」

「そうか。まあ、そうかもしれぬな。しかし、おまえはアレクシが選んだ子だ。アレクシという、私が敬愛する弟が選んだ人間に間違いがあるはずがない、それでいいのではないか。あれの幸せはおまえが側にいることだ。だとすれば、私は反対などできるはずがないよ」

「陛下……ありがとうございます」

「それより、そのペンダントだが」と、トールは自身の首元に手をやった。そして取り出したのは、エイノと同じペンダント。

「同じものだ。久しぶりに二つが揃ったよ」

トールは自身のペンダントを手のひらにのせてエイノに見せた。

するとそのときだった。エイノのペンダントとトールのペンダントにはめられている石が共鳴するように光り輝きはじめる。

「あ――」

エイノとトールがその二つの石の輝きに目を瞠ったとき、エイノにも変化が起こった。

首筋が一瞬熱くなったと思うと、身体中の血液が逆流するような感覚に陥り、不思議な力が身体の中に入り込んでくるような気がした。

「――――っ」

――不意に、エイノの頭の中をアレクシとシーヴが戦っている様子が過っていく。

「アレクシ様っ」

思わず叫んだが、突如飛び込んできたその情景は、彼らがひどく苦戦しているものだった。今まさに戦っているそのままの様子が、エイノの頭の中に繰り広げられている。

脆弱な西側の城壁にたどり着かせはしないと、アレクシらはアムルア川で激しい攻防を展開していた。しかし、多勢に勝る革新派の市民軍に押され気味である。なにしろ市民軍の手には、最新の自走砲まであるのだ。大砲がシーヴを狙い撃ちし、かろうじて躱《かわ》すものの、それが幾度にも渡ればさしものシーヴも疲弊してしまうのは当然のことだった。

とても見ていられず、ぎゅっと目を瞑る。しかし、その情景は目に映っているのではなく、頭の中に流れているものだ。目を瞑ったところで、消えることはない。

「どうした、エイノ」

トールは、いきなりアレクシの名を呼んだエイノの様子のおかしさに声をかける。が、エイノの耳にトールの声は届いていない。

エイノが今見ているのはシーヴが自走砲の攻撃を躱すばかりで疲れ果ててしまい、アレクシが上手く立ち回れなくなっているところだ。そして、やはり近代兵器相手に竜だけでは敵《かな》わないのか、と憔《しょう》悴《すい》しきっていた。

アレクシだけでなく騎士団の他の騎士や竜たちも、本来の力を出し切れない現状では、ただいたずらに逃げるしかなく、戦いは後手後手に回ってしまっている。

このままでは彼らはやられてしまい、アレクシも命を落としかねなかった。

（どうしよう……どうしたら）

エイノがきゅっと唇を噛んだとき、ふと、成竜の気配を外に感じた。

「え……」

竜舎の竜はすべて出払ってしまっている。そう、たった今、自分の頭の中で見ていたとおりすべての竜は戦いに出ているはずだ。

すると、風が唸るような音が聞こえ、強風が吹いた。

「うわっ」

同時に山々にこだまするように、鋭い咆哮があたりに響き渡った。

あれは竜の声だ——竜騎士は皆出払っていて、竜はもう一頭もいないはずなのになぜ。

エイノは矢庭《やにわ》に駆け出した。声の正体を確かめようとバルコニーへ飛び出す。そして、外に出た途端エイノが目にしたのは——。

真っ白に輝く大きく美しい竜の姿。

エイノだけでなく、後を追ってきたトールもその美しい竜に目を奪われている。

エイノの隣に立ったトールは、圧倒されたように息を呑む。エイノも瞬きひとつせず、まるで水晶の彫刻のようなまばゆい姿に見入っていた。

「なんと……」

こんな竜は知らない。エイノが知る限り、このように大きな白い竜など見たことはなかった。だが、この竜の瞳の色を見てハッとする。

「ヒンメル……！」

この美しい竜はおそらくヒンメルだ。エイノといつも一緒にいた、可愛らしい相棒。サファイヤのような……澄んだ湖のような青い瞳はヒンメルのもの。

エイノがヒンメルの名を呼ぶと、その竜はうれしそうに小さくキュウ、と鳴いた。この鳴き声は確かにヒンメルのもの。

「ヒンメル、ヒンメルなんだね！　すごい、すごいよ……！」

これまではシーヴが一番大きな竜だと思っていたが、そのシーヴに匹敵するほどの大きさを彼は有していた。

「きみは大人になったらこんなきれいな竜になるんだね。見違えたよ」

うっとりと華麗に変身したヒンメルを見つめ、感嘆の息をつく。

しかし感心している場合ではない。エイノは姿勢を正し、ヒンメルに「お願いがあるんだ」と訴えた。

「ヒンメル、お願い。アレクシ様のところに連れていって。そしてアレクシ様を助けてあげて」

必死の訴えが通じたのか、ヒンメルはわかったというように首を小さく振る。そうして乗れ、とばかりに身体を低くした。

「ありがとう、ヒンメル……！」

そうしてトールのほうを振り向く。トールは笑顔で大きく頷いた。

「エイノ、きみは真の紋章持ちだ。ここに、はっきりと」

トールに言われてエイノは首を捻《ひね》るが、自分でははっきりと紋章は見えない。しかし、自分でもその存在は確かにわかっていた。身体の中に今までとは違う、温かな力を感じていたから。

「さあ、行っておいで」

エイノの決意に、王もエイノの背を押してくれている。

「これを持っていきなさい」

トールが彼のペンダントをエイノに渡す。この力が必要になる、とトールは言っているのだ。

「ありがとうございます。——陛下、行ってきます。必ずアレクシ様をお助けして参ります」

トールへ向かって声を張る。

「よろしく頼むよ、エイノ。そしてヒンメルも」

王の言葉をもらい、エイノがヒンメルの背に乗ると、彼は大きく翼を羽ばたかせ、すぐさま空へ飛び立つ。竜に乗り慣れないエイノは必死で彼の背にしがみついた。

《そんなに緊張しないで、エイノ》

　不意にそんな声が聞こえた。ここは空で側には誰もいない。なのに声が聞こえてくるなんて。

　エイノは思わずキョロキョロとあたりと見回した。が、当然だが誰もいない。すると、再び声が聞こえる。今度はクスクスという笑い声が。

《エイノ、僕だよ。僕の声が聞こえるんだね》

　よくよくその声を注意深く聞くと、どうやらそれは頭の中に直接話しかけられているらしく、耳に入ってきているわけではなかった。

「え……？」

　もしかして、としがみつきながらヒンメルの顔を覗き込むように身体を動かすと、彼は首をエイノのほうへ向けて、ひとつ瞬きをした。

「ヒンメル？　この声はヒンメルなの？　そうなんだね」

　すると彼はもうひとつ瞬きをする。

《そう。僕はきみとやっと話すことができるようになったんだ。いつきみの力が目覚めるのかと思っていたけれど、どうやら間に合ったみたいだね》

　彼の口ぶりから、エイノの紋章の力が目覚めたことでヒンメルと会話ができるようになったらしい。間に合ったというのが、アレクシを助けるためなのか、それとも竜の絶滅を救うためなのかはわからないが、そのどちらもであってほしい。

「アレクシ様が大変なんだ。シーヴがもう疲れ切っていて」

《わかっているよ。急ごう。――ちょっと乱暴に飛ぶかもしれないから、しっかり摑まっていて》

ヒンメルの言葉にエイノは「わかった」と彼の背びれに強くしがみついた。

ちょっと乱暴に、と彼が言ったとおり、その飛行速度は非常に速く、顔に風圧を感じて目を開けられないほどだった。

「ヒ、ヒンメル……！　うわっ！」

しかも上下左右に揺れるものだから、エイノはそれこそ必死でしがみついていなければ、あっという間に振り落とされてしまいそうになる。

《エイノ、大丈夫？　もう少し速度を落とそうか》

さすがにヒンメルも心配そうに言うが、エイノはぐっと奥歯を噛んで堪えた。

「大丈夫……！　僕に遠慮しないで、早く向かって……！」

わかった、とヒンメルが言うと、彼はさらに速度を増す。

エイノがいた王宮から戦場となっているアムルア川まではそれなりに距離があるのだが、それこそエイノが叫んでいる間に着いてしまった。

アムルア川では橋の上で革新派市民軍と竜騎士団が刃《やいば》を交えていた。

エイノが先ほど頭の中で見た情景は、市民軍の自走砲が今まさに橋を渡ろうとしていたところであったのだが、どうやらそれは免れたらしい。

とはいえ、危機に陥っているのは間違いなく、自走砲がだめなら榴弾砲だとばかり人の数で圧倒する市民軍がじりじりと押している。

アレクシ率いる竜騎士団は、やはり市民を傷つけるわけにはいかないらしく、思い切った攻撃が取れないでいた。それゆえ、ただ躱《かわ》してこれ以上の進軍を許さないようにするだけだ。

だがそれも限界がきているようだ。相手は火砲を用いて騎士団をバラバラにし、戦闘力を削《そ》ぎにかかっている。これはおそらく、宰相ザレスの策であろう。数頭の竜が同時に攻撃してきては敵わないが、一頭だけなら火砲を用いればなんとか互角に戦える。

おまけに、竜騎士団が市民軍を蹴散らしても、後から後から新たな兵士がやってくるのだ。まったくきりがない。

エイノとヒンメルがたどり着いたとき、前線にいたシーヴは疲弊に身体をふらつかせていた。またさきほどよりいくつもの傷を負っていた。そしてシーヴに乗っているアレクシともう一人の騎士も、険しい表情をその顔に貼りつかせている。

そしてアレクシに向けて敵が矢を放った。だが、彼はあやういところでそれをはじき返す。

「アレクシ様ッ！」

エイノは力の限り大きな声でアレクシの名を呼んだ。一度では気づいてもらえないだろうと、何度も、何度も。

ちょうど火砲を避けきったばかりのアレクシが、何度目かに叫んだエイノの声に気づく。そうして、ヒンメルに乗っているエイノを見て、大きく目を見開いた。

「アレクシ様、こちらへ！　ヒンメルがお手伝いいたします！」

ヒンメルという名前を聞いて、アレクシはさらに驚いたようだ。

「ヒンメルなのか！　その竜はヒンメルなのだな！」

「はい！　ヒンメルです。成長してこんなに素晴らしい竜に……！」

そうエイノが口にし終えると、火砲がヒンメルに向けて撃たれた。だが、そのときだった。

ヒンメルがその美しい翼を大きく羽ばたかせると、その羽ばたきで、強い風が地上に向けて放たれる。それは人が立っていられないほどの風で、それに煽られて、空へ向けて撃たれたはずの火砲の弾丸は地上へと落下した。

常ではあり得ない光景を目にした市民軍は、このヒンメルの威力に動揺しているようだった。

「今です！　アレクシ様！　ヒンメルに移ってください！」

エイノの声が合図とばかり、疲れ切ったシーヴは力を振り絞ってヒンメルにどうにか近づく。そうしてアレクシはひらりとヒンメルに飛び移った。

「シーヴ！　きみは騎士様と少し休んでいて。あとは僕とヒンメルが頑張るから！」

エイノはシーヴにそう話しかける。

「エイノ！　おまえこそシーヴとここから離れるんだ……！」

アレクシはてっきり、エイノが自分たちと交代でシーヴに乗るだろうと思っていたようだ。だがエイノは首を横に振る。

「アレクシ様、僕はヒンメルの言葉がわかります。だから、ヒンメルの意思をアレクシ様に伝えることができます」

「ヒンメルの？　どういうことだ」

「詳しく説明をしている時間はありませんが、紋章の力がやっと使えるようになって、ヒンメルと会話ができるようになったんです」

いまだ信じられないという顔をアレクシはするが、事実なのだから仕方ない。ここはエイノを信じてもらうより他ないのである。

「――わかった。後で説明は聞こう。しかし……」

明らかに葛藤《かっとう》の色がアレクシの顔に浮かんでいる。ひとまずヒンメルの言葉がわかるということは理解はしていないだろうが、把握はしたらしい。けれどもうひとつ問題がある。それはエイノは必要だが、みすみす危険な目に遭わせていいのか、と悩んでいるらしいことだった。

「僕なら大丈夫です。――それより早く参りましょう。あちらが危ない……！」

きっぱりと言ってのけたエイノにアレクシはようやく覚悟が決まったようで、口を開いた。

「そうだな。ここで悩んでいる暇はない。……だが、無理はするな。危険だと判断したら、俺がおまえをヒンメルから下ろす」

「わかりました。――シーヴ、騎士様をよろしくね」

シーヴはエイノの言葉がわかったとばかりに、疲弊したもう一人の騎士を乗せたまま、山のほうへ向かっていった。きっと少し休憩すれば彼は回復するだろう。

「さあ、行きましょう！」

今、エイノは竜騎士団のひとりだ。アレクシが万全の状態で戦えるように竜を操る。

王宮からここまで来る間の短い時間で、エイノはヒンメルと心を通じ合わせていた。エイノの考えていることはヒンメルにもわかり、ヒンメルの考えもエイノは理解している。

ヒンメルの姿が空に見えると、市民軍の榴弾砲が火を噴いた。

そしていくつかの弾丸のうちのひとつがヒンメルの尾に当たってしまった。

「ヒンメル！」

アレクシが悲痛な声で叫ぶ。が、当のヒンメルはけろっとしたものだった。見ると、弾丸が当たったと思《おぼ》しき尾には傷ひとつついていない。

「どういうことだ……？」

確かに当たったはずなのに、と首を傾げる。

「ヒンメルは……その、成長したので」

鱗に触りながらエイノは説明をする。

非常に硬い鱗だ。幼体のときにはずっと柔らかかったが、今は違う。

成長に伴い脱皮をする竜にとって、大きくなるために古い皮は不要なものである。その脱皮の際、新しい皮膚や鱗は硬度を増すのである。ただでさえ、硬い竜の鱗だが、本来の力を得たヒンメルの鱗は既存の竜よりももっと硬いものであった。そう、鉱石のように。

「前にもお話ししましたが、ランヴァルド先生がフレイ山で採掘されるマデュライトは、脱皮した竜の皮が堆積し、結晶化したものだと。だったらヒンメルの鱗はきっと……」

「では、ヒンメルはもしかしたらマデュライトか、それに近いものを身にまとっているのかもしれないというのだな」

「可能性としてはあるかと思います」

アレクシはエイノの説明に納得したように頷いた。おそらく、市民軍の擁する兵器の数々は、紋章持ちによって本来の力が引き出された竜たちには無効であるようだ。

そうしてヒンメルが自走砲のある橋のたもとへと向かおうとしたとき、いきなり空が暗くなった。

「――飛行船が！」

エイノの声にアレクシは顔を上向ける。

頭上に飛行船の姿が突然現れた。どうやら雲に隠れていたらしい。今にも雨が降りそうな厚い雲は飛行船を隠すのにうってつけだったようだ。

その飛行船の窓にザレスらしき姿を、エイノが目ざとく見つける。

「アレクシ様、あの方はもしかして」

その言葉にアレクシも飛行船を注視した。そうして表情を変える。それは落胆と絶望、そして怒りがない交ぜになったような複雑なものだった。

「――ザレス殿だな」

低く抑えた声で呟くようにアレクシは言う。おそらくアレクシはザレスがこの戦と無関係であってほしいと内心思っていたはずだ。だが、その一縷の希望もたった今潰《つい》えた。

しかしやはりまだ信じたくなくて、二人で飛行船を見つめ続ける。

すると彼はすっと姿を消し、ザレスがいた場所には別の兵士の姿に取って代わる。そしてその兵士はこちらへ向けて銃を構えた。おそらくあれで自分たちを狙うつもりなのだろう。

思ったとおり、兵士はすぐさま引き金を引こうとしていた。

それに気づいたエイノは振り向いて、背後にいるアレクシを庇《かば》うように抱きつく。

「――エイノ！　なにを……っ！」

アレクシがエイノの行動に声を上げたのと、銃声がしたのは同時だった。

従来の銃であれば、飛行船と自分たちの距離では当たるはずがないのだが、それは改良されたもののようで、銃弾はエイノの背をかすめ、衣服と皮膚を切り裂いた。

「エイノっ！」

背から血を流すエイノを抱きしめて、アレクシは叫ぶ。

「だ、大丈夫です。かすっただけ」

「馬鹿……！　無茶をして……っ」

アレクシの顔はひどく青ざめていた。彼の顔を見ながらエイノはそっと微笑む。

「かすり傷です。それより……アレクシ様をお守りできてよかった」

それは本心だった。かけがえのない人を守ることができて、エイノは心の底からうれしいと思う。

痛みは確かにあるものの、それほど深くはないはずだ。

「そんなことを言うな！　俺はおまえを失いたくないと言ったはずだ。こんな無茶なことをして、万が一致命傷になったらどうする……！　そんなことをしてもらっても俺はうれしくはない」

エイノの背に流れる血を拭いながらアレクシは言う。

「――アレクシ様、僕だって同じ気持ちです。僕だって、アレクシ様に守ってもらって、その結果あなたが怪我をしたら同じことを思います。だからそんなことおっしゃらないでください。——それより……こんなふうに言い合いをしている余裕なんかありませんよ」

ほら、とエイノが顔を飛行船へと振り向けると、またもや銃口がこちらのほうへ向いているのが見えた。これで終わりではないのだ。

「そうだな。話はこの戦を無事に終えてからだ。だが、もう無茶はしないでくれ。俺の心臓がもたない」

深い溜息をつきながら、アレクシが言う。常に強いアレクシが心細げに震える声を出すのを、エイノは申し訳なく思うのと同時に、心から心配してもらっていることをうれしく思ってしまう。この人のためにももう無茶なことはすまいと思う。

「ごめんなさい……」

「さあ、あとは俺の番だ。エイノはここに」

アレクシはエイノを自分の胸の中へ収めるように抱く。彼の胸は温かく、ここにいれば大丈夫だと安心感を覚えた。そのアレクシはキッと表情を変え、口を開く。

「行くぞ。——ヒンメル！」

アレクシが朗々と響く声でヒンメルの名を呼ぶと、彼は鋭い咆哮をひとつ上げた。そしてその身体を翻し、急上昇する。

その途端、飛行船から再び発砲音がした。あやうく弾丸がヒンメルに当たりそうになる。だが、ヒンメルはその弾丸をひらりと躱すと、翼を大きくはためかせ、大風を起こす。その風でピンチに陥ったのは飛行船であった。

ヒンメルの起こした強風に煽られ、飛行船は船体のバランスを崩して飛行が困難になる。それどころか、操縦も不能になったらしく、あわや墜落という状態になった。かろうじて船体を立て直したものの、どうにか不時着できた程度で、それ以上攻撃をしてくる様子は見られない。

飛行船が墜《お》ちたのを見て、動揺したのは市民軍であった。

彼らがどよめいた一瞬、一条の火が橋のたもとにある自走砲へと伸びていく。それはヒンメルの口から放たれた火球であり、さらなる恐怖を市民軍にもたらした。彼らは慌てて、自走砲から離れ、また火から逃れようと川へと飛び込む。

「すごい……」

圧倒的な破壊力を持つヒンメルという竜に、エイノもそしてアレクシも目を瞠り、感嘆の声を上げた。

アレクシの指示で、ヒンメルは次々に市民軍の自走砲に火球を当てる。火球が吐かれると、いくら勇敢な市民軍の兵とてそこに留まってはいられない。自らの命を守ろうと、その場から逃れていた。

「先ほどから声も出ないな。これがヒンメルの力か」

アレクシが感心しながら言う。

「いえ、ヒンメルだけじゃありません。ほら、見てください」

エイノは離れている他の竜を指さした。

先ほどまで元気のなかった竜たちが、俊敏に空を飛び回っている。

エイノの持つ紋章に力が宿った今、竜は本来有している様々な力が覚醒したのだと、ヒンメルは教えてくれた。それはヒンメルだけでなく他の竜も同じらしく、彼らには活力が戻り飛行にも力強さが加わっていた。さらにヒンメルのように火球を吐く竜もいる。

「火球を吐く竜など俺ははじめて見た。そうか、これはエイノの力の強さでもあるのだな」

竜は紋章を持つ者の能力と共鳴することによって、さらなる力を得ると言われている。竜と心を通じ合わせることができる者によって、本来の能力以上の力を発揮する、と。

エイノの竜たちを思う心が彼らの力を最大限に発揮させているようだった。

感心しているアレクシの目の前で別の竜が火球を吐く。その火球は橋を強行突破しようとしている市民軍の兵の目の前に放たれた。すんでのところで市民軍には当たらなかったものの、たくさんの人がいる石橋が落とされるところであった。

「人には危害を加えるな！」

アレクシが叫ぶと彼らは素直に従い、攻撃は最小限に留められる。とはいえ、彼らの翼から繰り出される強い風は市民軍の力を確実に奪っていた。強風が吹き荒れていると、いくら市民軍の持つ榴弾砲などが最新鋭のものとしても、発砲することすらできない。

その合間を縫って、地上に控えていた大隊の兵らが市民軍で指揮を執っている人間を次々に捕らえていく。

指揮官を失えば、士気が下がり兵士らは戦意をなくしていく。中には逃げ出す者も多くいて、それから後はなし崩しだった。

市民軍は破壊された自走砲や榴弾砲を残して潰走《かいそう》し、革新派市民軍によるこの内乱は竜騎士団の勝利に帰した。

戦いが一段落したところで、地上に下りるとアレクシはヒンメルの背から下りて、きょろきょろとあたりを見回していた。

「どうかなさいましたか」

エイノが訊ねると、アレクシが「ザレスの姿が見えない」と言う。

確かに彼の言うとおりだった。飛行船が不時着した後、船内からはあまり人が出てこなかった。というのもかなりの人が怪我を負っていたため、ほとんど動けない状態で船内に残っていたのだ。

だが、その中にザレスの姿はなかった。

アレクシは少し考えた後、ハッとして顔を上げた。

「もしや……！」

思うところがあったのだろう。アレクシはエイノのほうへ顔を振り向ける。

「アレクシ様？」

「エイノ、すまない。おまえの怪我の手当てをしてやりたいが、もう少しだけ手を貸してほしい」

こんなときまで自分を気遣ってくれるアレクシを、だからとても好きだと思う。エイノは大きく頷いた。

「もちろんです」

「ありがとう――では、急ごう」

そう言って、アレクシはエイノを労るように背を抱くと、二人で再びヒンメルに乗る。

「アレクシ様？」

エイノは聞き返した。

「城だ」

「城？」

首を傾げると、アレクシは「そうだ」と険しい表情で答えた。

「陛下のお命が危ない！」

そういうことか、とエイノもアレクシの考えを理解する。

ザレスにとってこの戦は革命であった。彼は科学技術の発展によって人間は自然を支配できると信じているし、また王制も批判している節がある。革新派のパトロンとなったであろうことは、それを明らかにしている。

科学技術で市民を豊かにすることで、市民は支配権力から解放される……革新派にはそういう思想があり、庶民の出であったザレスは機械を盲信し、傾倒していった。科学技術があれば、機械があれば、人は自由を得られると考えた。

それゆえ、この革命が失敗に終わった今、ザレスが次に取る行動は限られてくる。

王制批判をしている彼にとって、市民が――ザレス自身が自由になるためには王制を終わらせること。となれば、ユミルナの王であるトールに意識が向くのは必至。

最悪の場合、トールの命が奪われかねない。

ザレスは飛行船から脱出すると城へ向かったと考えられた。宰相のザレスが裏切っているという事実は、エイノとアレクシ、そしてランヴァルドだけが知ることだ。城にいるその他の人間は、まさか宰相自ら内乱を仕掛けたとは思ってもいないだろう。

それゆえ、ザレスが城に戻っても誰も疑いもせず、彼を中に入れてしまうはずだ。

城には腕の立つ者はいても、ザレスを止められる者がいるかどうかは怪しい。トールに近づくことは彼の立場上、極めて容易《たやす》いことである。

「ヒンメル！　お城に行って！」

エイノがヒンメルに言うと、アレクシを乗せて彼は素早く翼をはためかせた。竜の飛行速度があれば、ここから城まではあっという間だが、果たしてザレスが凶行に及ぼうとするのを防ぐことができるのか。

ほんの僅かな時間とはいえ、城までの距離がひどく遠いものに感じられてならなかった。

「まだ南の宮殿におられるといいのだが」

城は広い。

トールが住まいとしているのは南の宮殿であったが、内乱が起きたということで他の場所にいる可能性もある。読みを間違えれば、広い城の中を捜し回らなければならないのだ。

ザレスよりも早くトールに会わなければならないため、とにかく、まだ王が南の宮殿にいることを祈っていた。

南の宮殿に到着し、ヒンメルがエイノと再会した広いバルコニーへと降り立った途端、アレクシはすぐさま飛び降りてトールの元へ向かう。

「ヒンメル、待っていてね」

エイノもヒンメルに声をかけると、アレクシに続いた。

宮殿内を駆けているアレクシが、衛兵らに「ザレス殿を見なかったか」と訊くと、一人の衛兵が「中庭でお見かけしました」と答えた。

アレクシはその答えを聞いて、ますます走る速度を速める。

やはりザレスは宮殿にやってきていたのだ。エイノも必死にアレクシを追いかけ、トールの居室へと急ぐ。トールの居室は二階の大回廊に面している。控えの間まで行くと、衛兵が一人、剣で切りつけられて倒れていた。

「大丈夫ですか……！」

声をかけたが衛兵はぐったりとして動かない。

「しまった……！」

アレクシがギリ、と歯噛みした。おそらくこれはザレスの仕業だろう。一歩遅かったか。

「エイノ、おまえの傷のこともある。ここで待っていてくれ。彼を頼んだ」

アレクシはそう言い置いて、すぐさま奥の部屋へ消えていく。

　エイノは切りつけられた衛兵の手を取り、脈を診る。規則正しく、脈を打っていて、彼が無事であることを知らせた。よく見ると、切られたのは腕だけのようだ。おそらくどこか殴られて気絶しているだけだろう。

「大丈夫ですか。今人を呼びますから」

　エイノが声をかけると、ほどなく彼は意識を取り戻した。腕を切られた後に鳩尾《みぞおち》へ拳《こぶし》を入れられて意識を失っていたようだった。

「ザ……ザレス様が……っ」

　話を聞くと、トールの在室を確認したザレスが有無を言わさず切りつけてきたらしい。怪我の程度は軽く、平気だというので、衛兵に人を呼んでもらうように託し、エイノもアレクシの後を追った。

　居室の扉にも二人の衛兵が蹲《うずくま》っており、そして部屋の中からは大きな音がしていた。エイノは慌てて部屋へ飛び込む。

　エイノがトールの居室に入るなり見たのは、アレクシがザレスと剣を交えているところだった。

「陛下！」

　エイノは鋭い金属音が鳴り響く中、トールを呼ぶ。

　トールは二人が剣を交えているため、部屋の奥から動けないでいた。下手に動けば刃が飛んできかねないためである。だが、ともかく無事を確認できて、いったんは安堵した。

　だが、依然緊迫した状態であることに変わりはない。ひとつ間違えれば、再び危機に陥ることは明白である。

そうしてアレクシとザレスの戦いは続いた。

剣がかき鳴らす音が部屋中に響き渡る。エイノはそれをただ息を詰めて見守るしかできなかった。

二刃、三刃、と火花を散らしながら互いに打ち合う。

ザレスは強かった。アレクシは剣をなぎ払っていたが、油断していると討ち取られそうになるような勢いの剣さばきでアレクシを翻弄する。

力で威圧するような剛のアレクシの剣に比して、ザレスの剣は柔。しなやかな動きでアレクシを狙い、剣を振り下ろす。

アレクシが苦戦する様を見て、エイノはひたすら祈り続けた。

だが、やはり騎士団の団長として、猛者を倒し続けてきたアレクシである。

実戦での経験とそもそもの体力がまるで違う。ザレスの息が上がりはじめ、足がふらつきだした。いくら剣が上手くとも、長丁場では戦い方が異なるものだ。アレクシはまるでたった今剣を取ったかのように、汗ひとつかかず平然としている。

苛《いら》ついていたのはザレスのほうだった。

のらりくらりと剣を躱しはじめたアレクシに、強引に剣を突き出す。

その間合いと隙を見て、アレクシはザレスの剣に鋭い斬撃を加えた。一際大きな金属音がし、ザレスが思わずといったように、大きな声を上げる。

次の瞬間、真っ二つに折れたザレスの剣が床に突き刺さった。

ザレスはその使い物にならなくなった長剣を見捨て、死に物狂いでアレクシに反撃しようと襲いかかる。腰の短剣を引き抜くと真っ直ぐにアレクシに向けた。

しかしアレクシは冷静であった。向かってくる切っ先を剣の柄《つか》を用いて防ぐと、身体を翻して彼の首を手刀で撃つ。その衝撃にザレスは一声上げ、その場に崩れ落ちてしまったのだった。

「誰か！」

アレクシは衛兵を呼ぶ。

衛兵がやってくる間、ザレスの身体を拘束し、猿ぐつわを噛ませ、両腕を縛り上げて身動きが取れないようにする。やがて衛兵が駆けつけ、ザレスを連行していった。

これでひとまず危機は逃れただろう。エイノも肩の力が抜け、ほっと胸を撫で下ろした。

「陛下、ご無事でようございました」

危険が及ばないことを確認した後、アレクシはトールへ跪き、エイノもその後ろに控える。

アレクシという存在があったからこそ、まだ正気を保つこともできただろうが、それでもトールの顔には安堵と動揺がない交ぜになったものが貼りついていた。

「……大義であった」

ようやくそう口にしたトールの声は――さすがに一国の王である。強い動揺を覆し、そのときにはもう落ち着いたものになっていた。

「アレクシ、混乱を治めるのはしばらくかかりそうだな」

「はい」

「有能な宰相を私は失ってしまったのだな――次の宰相を決めるのは、実に厄介なことだ」

ただ、そうトールが口にした声は、ひどく寂しげであった。

屋敷に戻ると、ランヴァルドが飛び出してきてアレクシとエイノを出迎えてくれた。

「無事でよかった……！」

安堵の表情を見せる彼の前で、アレクシとエイノは目を合わせて微笑み合う。

本当に無事でよかった。これでまた平和な日々が戻ってくる。

「エイノくん！　どうしたんだい、その傷は。服が血だらけじゃないか」

ランヴァルドに指摘されて、あっ、とエイノは自分が怪我をしていたことを思い出した。指摘されると、なんとなく傷が痛くなってくるような気がする。

戦いの場に身を投じていたときや、ザレスが凶行に及んでいたときには、あまりに夢中ですっかり忘れていたが、自分は怪我を負っていたのだ、と苦笑いを浮かべた。

「これは……その、名誉の負傷です。といっても、ほんのかすり傷ですよ」

あのとき、アレクシが怪我をしなくてよかった、と改めてエイノは思った。あそこで銃弾がアレクシの身体のどこかに当たってでもいたら、宮殿でザレスと相対したときにアレクシは全力を尽くせなかったかもしれない。あのときザレスは手負いの獣のように、必死でアレクシに向かっていたのだから。ほんの少し、なにか綻《ほころ》びがあったなら、アレクシもトールも、そしてエイノも命を落としていた

——そういう可能性がなくはなかった。

だとしたらこの怪我は本当に意味のあるものだったと言える。

「とにかく二人とも無事でよかった。でもすぐに手当てをしなければいけませんね」

ランヴァルドがそう言うと、アレクシがエイノの手を引いた。

「すぐに俺が手当てをしよう。エイノ、こっちに」

強引にエイノの手を引くアレクシに、エイノは戸惑った。

背中の怪我ではあるが、だからレンナルトに後で手当てをしてもらおうと思っていた。それなのに、アレクシは自分が手当てをすると言うのだ。

「あ、アレクシ様、怪我の手当てならレンナルトさんに」

「レンナルトには後片づけをしてもらわなければならないからな。俺が手当てをする。嫌か？」

訊かれてエイノは首を横に振った。

「い、嫌じゃありません」

「だったらおいで」

いつになくアレクシが無理押しする。言われるままにエイノはアレクシの部屋に連れていかれた。

「アレクシ様、どうしたんですか、いったい」

部屋の中に入るなり、エイノが訊ねた。

「——ランヴァルドに……」

ランヴァルドの名は聞き取れたが、その後に続く言葉が聞こえなくて「え？」と聞き返す。

「ランヴァルドに、おまえの肌を見られると思ったからな」

いささか照れが混じったような口ぶりに、エイノは目をぱちくりとさせた。

先ほどからのおよそ彼らしくない挙動は、エイノの肌をランヴァルドに見せたくないためらしい。

「おまえに触れていいのは俺だけだ」

言って、アレクシはエイノの顎に手をかける。

そうして顔を上向けると、唇にやさしいキスを落とされた。

だが、甘い雰囲気は長く続かなかった。というのも、すぐにアレクシの部屋をノックする者がいたからである。

「レンナルト……」

優秀な執事は、「エイノが怪我をしたと聞きました」と手当てのための白布や薬を持って現れた。

「おまえは本当に有能な執事だな」

アレクシが嫌み交じりに言うのをレンナルトは「お褒めにあずかり光栄です」と意にも介していない。

「さあさ、アレクシ様も湯を浴びて、その汚れたお召し物を着替えておいでなさいませ。じきに陛下の使いがお見えになられます。屋敷の外まで馬車がいらっしゃっていますし」

ちら、とレンナルトが窓の外へ視線をやる。

つられるようにしてアレクシとエイノが見ると、何台もの馬車が連なってやってきていた。

「大袈裟《おおげさ》な」

溜息交じりにアレクシが口にする。

「仕方ないでしょう。アレクシ様とエイノは、陛下をお救いしたのですからね」

　当然とばかりにレンナルトが言うその口調はどことなく自慢げだった。

「わかったよ。エイノ、レンナルトに手当てをしてもらってくれ。――レンナルト、このたびの一番の功労者はエイノだ。丁重に扱えよ」

「もちろんでございます。幸い傷は深くなさそうですから、湯を浴びても問題ありませんね。それから手当ていたしましょう。お召し物は、そういえばアレクシ様が先日たんまりとエイノのよそ行きを作られたご様子ですから、そちらから拝借して参ります」

　その後はカールフェルトの屋敷は大変な騒ぎになった。

　というのも、次から次に客が訪れたからだ。

　まずはトールの使いが訪れ、アレクシとエイノに贈り物が届けられた。すんでのところで王を救ったその礼とのことだ。贈り物はたくさんの高級な布に金貨。そして、一週間後に宴を開くと招待状が添えられている。

「エイノをぜひ連れてこいとのことだ。……この布で服を仕立てねばな」

　本来であればエイノは宮殿に出入りできるような身分ではない。はじめに連れられていったときは、エイノを危険から守るためということだったし、そして先ほどまではトールの命がかかっていたから、なりふり構っていられなかっただけだ。いくら王が気さくだといっても、自分が行くのはあまりに場違いだが、断ることは誰も許してくれなさそうだった。

「――今夜はまだお手伝いすることはありますか」

エイノが茶器をテーブルの上に置くとそう言った。

来客の相手は夜中まで続き、最後の客を客間に案内したときには、夜明けが間近という頃合いだった。

市街戦の後もザレスとの決闘、そして今度は大勢の客の相手……と、これではいかに鍛えているアレクシも疲労困憊《こんぱい》だろう。エイノもさすがに疲れ果てていた。

「お手伝いすることがなければ、僕はこれで……」

エイノが立ち去ろうとすると、アレクシは「待て」と手を引いた。

「レンナルトたちには、疲れて俺の部屋で寝てしまったと言えばいい」

言って、アレクシはエイノを抱きしめる。

「ア、アレクシ様……そ、れは……」

その言葉がどんな意味を含んでいるのか、一瞬エイノには理解できなかった。が、アレクシがじっと見つめるので、なんとなく勘繰ってしまう。

ひょっとして……。そうは思ったが、自分の考え違いだったら恥ずかしい。どうしよう、と顔を赤くする。

するとアレクシが小さく笑った後、わざと声を潜めてエイノの耳元で囁いた。

「おまえを俺のものにしていいか」

その声がひどくセクシーで、今まで聞いたことのない声音だったものだから、なおのことエイノは耳まで赤くなってしまう。

「まだ無理だというなら、それでも構わない。……俺も大概焦っているらしい。どうも気持ちが抑えられないんだ」

そのやさしさに、胸が高鳴る。いつでもアレクシはエイノのことを考えてくれている。今だって、エイノを抱きしめている彼の身体の中心はその存在を主張しているのに、無理ならいいと言ってくれた。

けれど、エイノも男で、同じように身体が熱を帯びだしている。彼の求めにノーを突きつけるつもりはない。

「抑えなくていいです。いえ、抑えないでください。アレクシ様に求めてもらえるの……僕はうれしいから……」

精一杯の勇気を振り絞って、そう答える。

「本当にいいのか？」

「……僕だって……アレクシ様をお慕いしているんです。好きな人と結ばれたいのは僕も同じです」

エイノが言い終わるのを待てないとばかりに、唇が重ねられる。アレクシの唇に塞がれて最後の音が消えていった。

着ているものをすべて脱がされ、寝台の上にそっと寝かされる。

さっき手当てをしてもらったレンナルトの前では、上半身裸でもまるで平気だったのに、今アレクシにこの身体を見られているかと思うと、心臓の拍動がいきなり速くなった。

灯りは寝台脇にあるテーブルに置かれているランプだけなのに、やけにそれが明るく感じる。人前でさらすことのない場所までも見えていると思うと、羞恥に頬が火照ってくる。

「あ……アレクシ様……」

「なんだ」

「灯りを……消してもらえませんか」

おずおずと口にする。やはり恥ずかしい。アレクシのような鍛えられた身体なら見せてもいいかもしれないが、エイノの身体では貧相すぎて、まるで子どものようだ。

この身体でがっかりされたら、と思うとエイノはそう言わずにはいられなかった。

「却下だな」

すげない返事にエイノは困った顔をした。

「灯りを消したら、おまえの可愛いところがまったく見られなくなるだろう？　俺はちゃんとこの目に焼きつけておきたいのだ」

「可愛い……って、アレクシ様は僕のこの身体に幻滅なさいませんか……？」

「するわけがない。それどころか、今おまえのきれいな身体を前に理性との戦いだ」

そう言ってじっと見つめてくるアレクシの瞳の色は、それこそ野生動物のような獰猛《どうもう》とも言える光をたたえている。

「以前……紋章が身体に現れたとき、おまえは高熱を出しただろう？」

その問いに、エイノはこっくりと頷いた。あれは十八の誕生日で、そしてアレクシに看病をしてもらった。忘れるはずがない。

「あのとき、あやうく俺はおまえを抱いてしまうところだった。……熱に浮かされて、水を飲みたいと譫言《うわごと》でせがむおまえに口移しで水を飲ませたのだが、そのときどうしようもなくおまえが愛しくなって、唇を離したくないと思ってしまった。水を飲ませながら、このままおまえの中に俺を刻み込みたいと……あれからずっと劣情を堪えていたよ」

それを聞いてエイノはハッとする。

自分がアレクシとキスをした夢を見たと思ったのは、あれはどうやら現実だったらしい。てっきり妄想が夢になったのだと思っていたが、彼はそういう気持ちを自分に抱いていたという。

「……好きにしてよかったのに」

そのとき、アレクシに抱かれたとして、エイノはきっとうれしかった。恋い焦がれていたアレクシに抱かれるだなんて、一生かかっても見ることができない夢だと思っていたから。

「そういうわけにはいかないさ。俺はおまえを大事にしたい。誠意を尽くして、おまえを愛したいのだ。俺の心も身体もすべておまえにやる。俺のすべてがおまえのものだ」

アレクシに愛されることなどないと思っていた。けれど今、それが叶おうとしている。もしかしたらこれこそが夢なのかもしれないけれど。

アレクシがそっとエイノの唇を指でなぞり、深く唇を重ねてきた。彼の舌が唇を割って、口の中へ侵入し、ゆっくりとそこを支配していく。

「ん……」

生き物のように蠢《うごめ》く彼の舌とエイノの舌が絡まり合う。互いに熱い息をこぼしながら、唇を求め合う。何度も何度も角度を変え、離れるのが惜しいと、また唇を重ねた。

唇を吸われて口の中を舌で犯されると、下腹に疼《うず》きを感じる。どうしようもないほど身体が熱を帯びていく。

目眩がし、ぼうっとしてなにも考えられなかった。ただひたすら夢中でアレクシの舌に応えるだけ。

そうしてくちづけの合間に目にするアレクシの男らしい顔に、胸をときめかせる。張りのある黒髪と、形のいい眉、すっとした切れ長の目がエイノを見つめている。

「きれいな肌だ」

ようやく唇を離したアレクシがエイノの身体に手を触れながらそう言った。

しっとりとしている。その肌にアレクシはそっとくちづけていく。

「――あ……」

首筋の、今は薄紅の色をしている紋章に唇を寄せられ、恭しくくちづけられた。

アレクシの唇はそこから胸へ移動すると、ピンク色の乳首を舐めて吸った。

「……あ……っ」

その刺激にエイノは身体を反らせる。

アレクシは唇で愛撫《あいぶ》していないほうの乳首を指で転がした。片方は唇で、もう片方は指で愛撫され、もどかしい刺激にエイノの腰が自然に揺れる。

弄《いじ》られているところがジンジンとしてきて、そして身体は甘く痺れていく。

「……ん……、……んっ」

鼻にかかった声が漏れ出ているのが恥ずかしくて、顔を隠そうとすると、先にくちづけを与えられてアレクシに遮られた。

「はずか……し、……っ」

「恥ずかしいことなんかなにもない。……エイノ、その可愛らしい声をもっと聞かせてごらん」

いつもは言うことをなんでも聞いてくれるくせに、こんなときには意地悪を言うアレクシを、エイノは小さく睨んだ。が、彼はまるで堪《こた》えていない。

「アレクシ様の意地悪」

「そうだな。もっと意地の悪いことをしようか」

笑ってそんなことを言い、エイノの乳首に爪を立てた。

「——アァッ…………あ……んっ」

胸元のアレクシの舌が乳首をちろちろと行き来するたびに、エイノの身体は活《い》きのいい魚のようにぴくりと跳ねてしまう。執拗《しつよう》に身体中のどこもかしこもを舐められ、ぐずぐずに溶けてしまうかのような錯覚に陥った。

乳首を舐めて、エイノの顔を見上げるアレクシは、やはりいつもと違っている。穏やかな鳶色の瞳は情欲に濡れ、その情動に突き動かされている姿は、戦いに身を置いていたときのように荒々しさと雄々しさがあって——。

この人をこんなふうにさせているのは自分だと思うと、エイノはひどく陶酔した。

好きだと呪文のように囁かれ、その呪文に誘われるように閉じてしまった瞼を開くと、熱の籠もった瞳がエイノを見つめている。

やがて愛撫の手は下肢へと伸びていった。双球をやわやわと揉みしだかれ、茎を愛撫され、その直接的な刺激にエイノは息を詰めた。

「————っ」

するとアレクシは愛撫の手を止めたかと思うと、体勢をずらし、エイノの膝を割って股間に顔を埋《うず》める。

「や、あ……っ」

なにをするんだ、と言う間もなくエイノのものはアレクシの口内に含まれていた。

逃げたいのに、捉えられて快感を身体に植え込まれれば、もう逃れようもない。そこを口で愛撫されるということの倒錯的な感情と、そして感じる場所を悉《ことごと》く刺激され、どうしようもないくらい身体に熱が溜《た》まる。

「やめ……っ……あぁ……っ」

アレクシに自分の勃起したものを咥《くわ》えられているのがいたたまれなくて、エイノはアレクシの頭を股間から引きはがそうと躍起になる。

「いけないな。おとなしくしていなさい」

しかし、それすら煽っているに過ぎないと、ぴちゃぴちゃという水音を立てて先端を舐め回される。陰嚢《いんのう》をまさぐり、鈴口を舌先で突くように刺激を与えられ、堪えきれずに甘く声を上げた。

「……うっ……ふ…っ、ぅ……んっ」

アレクシの舌が根本から括《くび》れにかけて舐め上げる。先を吸い上げ軽く歯を立てるとエイノの身体はひくりと戦慄《わなな》いた。

「や、……もっ、も……イ、ク…から…っ」

このままだとアレクシの口の中に放ってしまいそうだった。

「出して構わない」

なのに、アレクシは平然と言う。

「な……ッ、――――アァッ」

じゅっ、と先を吸われると、呆気《あっけ》なくエイノはアレクシの口内へと放ってしまった。彼はそれをいとも簡単に飲み干してしまう。

「アレクシ様……」

放心したようにエイノは呟いた。まさかアレクシがこんなことをするとは思わなかったからだ。

「だから言っただろう？　意地悪をするって。それにこれからもっとひどいことをするよ」

アレクシの意地の悪い不遜《ふそん》な物言いで、エイノはまだなにかするつもりなのか、と上目遣いで不安げに見る。

アレクシは薄く笑って、宥《なだ》めるように額にくちづけを落としてくる。微かに息遣いが荒い。

不意に、彼はエイノの足を開かせ、腰を上げさせると、後ろの窄《すぼ》まりに唇を宛がった。

「……ひ……っ」

いきなりの刺激にエイノは息を詰め、僅かに身じろいだ。逃げる腰を捕まえてアレクシはその後ろの蕾を丁寧に舐め解《ほぐ》す。

「やっ、……や、……なっ、……やめ……っ」

男同士の行為がどういうものか、ぼんやりとした知識はあったが、そんなものはとうに頭の中から追い出されていた。なにも考えられない。

確かに、これからもっとひどいことをする、とアレクシが言うだけのことはあった。ぐちゅり、というあからさまな音にエイノはひどく羞恥を覚え唇を噛みしめる。

あっという間に舌で濡らされて、蕾の中に指を入れられ探られる。そのたび窄まりがひくつくのがわかって、いたたまれなくなった。

恥ずかしくてたまらない。

アレクシの顔を見ていられなくて、エイノは両手で顔を覆ってしまう。

「痛いのか」

辛さに顔を隠してしまったとでも思われたのだろうか。アレクシが心配そうに声をかけ、そうして顔を覆った手に小さくキスをくれた。

「無理をさせすぎたか。……これ以上は嫌というならやめよう。おまえを傷つけたくない」

そうではない。ただ恥ずかしいだけなのに。

アレクシに申し訳なくて、エイノは覆った手を外して顔を見せ、首を横に振った。

「違います……。痛くなくて……その逆……」

恥ずかしくて、声が小さくなる。

けっして痛くはなく、むしろおかしな気分になってしまうから。

「だ、だから……恥ずかしくて……。け、けっして嫌ではないのです……」

こんなふうに気持ちがよくなってしまうのは、自分の身体がふしだらなのではないか、とさえ思ってしまう。

そうアレクシに言うと、彼はエイノの手を取ってその甲にくちづけた。

「そうか」

その声は満足そうだった。

「なにもおかしいことはないよ、エイノ。俺はおまえを気持ちよくしようとしているのだから、そうなって当然だ。むしろ安心したよ。だから恥ずかしいのは、少し我慢してくれないか」

アレクシは「痛くしないから」と安心させるようにやさしい言葉をかける。それに応えるように、エイノはアレクシに身体を預けた。

「……ぅ……っ」

エイノの中を彷徨《さまよ》っていた指が奥のある場所へたどり着くと、これまで感じたことのない強烈な快感が身体を突き抜けた。

「あぁ………っ、あ、ぁ……んっ」

執拗にそこを弄られて、身体は勝手にガクガクと震えた。

エイノのものはすっかり勃《た》ちあがっていて、感じているというその証拠にそこからとろとろと透明の蜜をこぼれさせている。

存分にそこを解された頃には漏れ出る声を我慢できなくなっており、なにがなんだかわからなくなって、「少し我慢してくれ」と言われても返事もできず緩慢に頷くしかなかった。

低く掠れたその声が欲情に滲んでいて、とても卑猥《ひわい》だとエイノは思う。指だけでもこんなに乱れてしまうのに、後ろをアレクシので埋め尽くされたらどんなになってしまうのだろう。不安と快感にエイノは震える。

アレクシはやさしくエイノの頬を撫でると「大丈夫。力を抜いていなさい」と言いながらエイノの足を持ち上げる。そこへ今度は滾《たぎ》ったものを掻き分けるように最奥まで突き立てられた。その深さと密度にエイノは声にならない声を上げる。

「――――ッ」

衝撃にアレクシの背に爪を立ててしまう。

「熱いな」

熱い息を伴った声で耳元に囁かれ、中に入っているアレクシを感じた。繋がっている。

アレクシを受け入れられたことがひどくうれしかった。

ぴっちりと隙間なく中を埋めたものが慣れるまで、と思っているのか、彼はじっとして動くことはなかった。息を詰めたエイノを宥めるように、頬をアレクシの手が撫で、何度も行き来するその動きがあまりにやさしくて胸の奥が締めつけられる。

「大丈夫か？」

「ん、……平気です……」

「ここは俺のものだ。いいな、誰にも触らせるなよ」

繋がった場所をぐるりとなぞられ、蠱惑《こわく》的な表情でそう囁かれてエイノは涙が滲んだ目でアレクシを睨《ね》めつけた。こんなときまで格好いいなんて本当にずるい。

「アレクシ様……大好き」

エイノは手を伸ばし、アレクシの黒髪へ触れた。彼の鳶色の瞳がエイノを見つめている。

「俺もだ」

アレクシは穏やかに笑いながらそう囁いた。動くぞ、と淫靡《いんび》な声が囁いて、ゆさゆさと揺さぶられる。腰を揺らされるうちに徐々にエイノの上げる声も甘く艶めきはじめた。奥を擦《こす》り穿《うが》つたびに身も世もなく喘いでしまう。

「は……あっ、あ、…っ、……んっ、ん…」

もう、痛いのか快感なのか、そんなことを感じる余裕もなくなって、ただもっと奥を擦ってほしくて腰を丸く揺らめかせる。

深く繋がっていたい。

もっと奥で繋がりたい。

「う、うっ……っ、ぁっ、……んっ」

泣くような喘ぎを漏らし、エイノはアレクシにしがみついた。足をアレクシに絡め、浅ましく彼を求める。

唇も触れていたいとアレクシはキスをねだり、口腔内も舌で蹂躙《じゅうりん》される。絡みついて快感をもたらしているものが、最早上の刺激によるものか下からの刺激なのか、頭の中では判別できずにいた。

どちらも熱くて、気持ちが良くて、溺れてしまいそうだった。

身体から熱が逃げてゆかず、どこもかしこも熱くてたまらない。

お慕いしています、とエイノは熱に浮かされるように何度も何度も呟いた。

大好きで大好きで、ずっと恋い焦がれた人。その人に抱かれていることがうれしい。

突き上げられるたび、アレクシの名前を呼び、啜《すす》り泣くように声を上げ、彼の背に爪を立てる。

「んっ、あっ、あ、んっ、ああぁっ」

入れられている猛《たけ》ったものをギリギリまで引き抜かれ、次の瞬間には最奥まで突き上げられる。その抉《えぐ》り取られるような感覚を何度も繰り返されて、次第にエイノは高みに上り詰める。

「あっ……アレクシさま、ぁ……んっ……ぁぁっ」

何度目かに奥を突き上げられたとき、エイノはつま先に緊張を走らせ、胸を震わせて達した。同時にアレクシに中を濡らされる。

アレクシはエイノに胸を合わせるようにもたれかかる。上下させる胸から、互いの心臓の音が寄り添っているようにシンクロして聞こえるようだった。

このまま、ずっと重なっていたい、そう薄くなる意識の中でエイノは思う。

こうしてこのままアレクシと溶け合って、身も心もかたちがなくなってしまってもいい、そんなことを思いながら。

エピローグ

季節は巡って、夏がやってきた。

山の木々も緑が濃く深まり、日差しも強くなり、少し動くと汗ばむほどだ。

しかし短いこの夏はユミルナを豊かにしてくれる大事な季節である。

ユミルナの国内も、革新派の動きは今のところ影を潜めていた。ザレスが煽動した内乱でのヒンメルの活躍が人々の印象に深く刻まれたことが大きい。

竜の真の力というのをまざまざと見せつけられ、たとえ近代兵器といえど太刀打ちできないということを悟ったのだろう。

そしてもうひとつ――ランヴァルドの「環境が竜に及ぼす影響」についての報告は国民の間に大きな反響をもたらした。

竜という存在がユミルナを豊かにしていることが――竜の能力がユミルナにとって有用であることが証明されつつあると彼が言い切ったためである。現在の森林資源を守ることは竜にとって必要なことから、これを破壊することは避けるべきだと発表した。

もうひとつ、これまで推察に過ぎなかった、竜が脱皮した際の鱗が堆積したものがマデュライトを作ることも、ランヴァルドが依頼した分析機関からの結果によって証明された。

この報せは、竜の保護のために非常に有益となった。なにしろマデュライトはユミルナの宝である。

そして、竜騎士団の存在はまだなくてはならない、と国の中でも改めて評価が高まっていた。

ただ、化石燃料を燃やす際に出るガスや煤は竜にとって遠ざけなければならないものであるが、竜と共存する程度の――すなわち地域を制限した蒸気機関車を含む蒸気機関の利用については、今後検討の余地があると、そう締めくくられていた。近代化を推し進める者を牽制《けんせい》した内容でもあったため、ひとまずは革新派の意思も汲《く》んだ形になったことも大きかったのかもしれない。

支配権力からの解放を目ざして運動していた市民らも、市場税や通行税の廃止などいわゆる商品流通規制権や領主独占権の撤廃をトールが施策として打ち出したことで、溜飲《りゅういん》を下げる形になり、運動は下火になったようだ。

「では、アレクシ、そしてエイノくん。長々と世話になりましたね」

数ヶ月の間アレクシの屋敷に滞在していたランヴァルドが別れの挨拶をする。

彼はエイノの紋章の覚醒からの様々な竜の変化を目《ま》の当たりにし、ますます研究に没頭することになったらしい。

「きっとまだ、エイノくんのように紋章を持つ者がいるはずですよ。そうしたらまた違う変化が竜たちに現れるかもしれない。人が竜とともに生きようとしている限り、紋章というのは滅びることはないと私は信じていますからね。ですから、これから探しに行こうと思います」

伝承でも、人と竜とが友情を築く限り、絆は結ばれている……そうあった。であるなら、エイノに紋章が現れたのもそのためだったのだろうし、エイノだけでなく他の誰かにも同じように現れている可能性はある。

「ランヴァルド、またいつでもいらしてください。エイノとお待ちしております」

アレクシがランヴァルドへ手を差し伸べる。ランヴァルドはその手を取って、強く握手をした。

「ありがとう。次に来るときには、あのチビちゃんたちも大きくなっているでしょうね」

ランヴァルドがあのチビちゃんたち、と口にしたのは、シーヴとヒンメルの間に生まれた子どもたちだ。いつの間にか彼らはつがいになっており、エイノもアレクシも驚いたのだった。

そうして三頭の赤ちゃん竜が誕生し、竜舎も賑やかになっている。

また、ランヴァルドの調査によれば、フレイの山の奥にまだ自分たちが把握していない竜の巣があるらしいというのだ。これからの調査次第だが、そうだとすればこんなにうれしいことはない。

竜が健全に暮らせるというのは、大地が守られているということである。竜が健全であることは大地が肥沃《ひよく》であり、また農作物も良好に育つことができる環境なのだから。

「さて、そろそろ出立しないと。本当にここは居心地がいい。いつまでもお邪魔していたい気持ちはあるのだが……私がいてはきみたちも安心していちゃつけないだろうしね」

ランヴァルドがエイノに向けてウインクする。

「ランヴァルド先生……！」

彼の言葉にエイノは耳まで赤く染めた。隣にいるアレクシは苦笑いをしている。

アレクシと結ばれた後、アレクシは皆の前でエイノを恋人だと紹介したのだ。

貴族たちの中には反対したり、心ないことを言う者もいたようだが、国王であるトールが自分たちを祝福したことで、誰もなにも言えなくなっていた。

おかげでエイノは事実上、アレクシの伴侶となったのである。

「まあまあ、いいじゃないですか。仲がいいのはいいことですからね。ああ、そうだ！」

いきなりランヴァルドが大きな声を出す。エイノとアレクシがきょとんとしていると、彼はにっこり笑った。

「結婚式にはぜひ呼んでください。世界中のどこにいても駆けつけますよ」

なんてことを言い出すのか、とエイノがあわあわとしていると、アレクシはまったく動揺したふうもなく平然とこう言った。

「ええ、もちろんですよ。すぐにご招待できると思いますから、お待ちになっていてください」

アレクシの言葉にランヴァルドは満足そうに微笑む。

「それは楽しみだ。――では、また会いましょう」

茶目っ気たっぷりの学者はそう言って、アレクシの屋敷を後にした。

「……アレクシ様、結婚式って……」

ランヴァルドが去った後、エイノは呟くように言った。

よりによって結婚式なんて。しかもすぐに、と彼は言い切ってしまった。

「ん？　結婚式がどうかしたか？　来年の春……いや、もっと早くにしたほうがいいか？」

アレクシはエイノの気持ちなどまったく気づかないとばかりに、聞き返す。彼にとっては他愛もないことなのだろうけれど、エイノにしてみれば大問題である。

恋人にしてもらっただけでも夢のようなのに、結婚式だなんて。

「ちっ、違います……っ！」

自分の気持ちをどう伝えようかと思っているのに、アレクシときたら「衣装は早くに採寸してもらったほうがいいな」とか「庭ならたくさん人が呼べる」とか具体的なことを言い出すものだから、よけいに混乱してしまう。

困った顔をしていると、アレクシはクスクスと笑って、エイノの頬に小さくキスをした。

「わかっているよ。エイノは身分が違うから、結婚なんて、と思っているんだろう？」

すべてお見通しの上で、エイノを揶揄っていたらしい。

ちょっとだけ恨みがましく、睨めつけるように上目遣いでじっと見つめる。

「形だけのものだが、その形が大事なこともあるだろう？　俺はおまえが真に俺の伴侶になったという証が欲しいからな。二人だけの秘密ではなく、公に認めてもらうために式を挙げたい。だめか？」

だめなことなんかない。

こんなに幸せなことがあってもいいのか。エイノの目には涙が滲む。

その涙をアレクシはくちづけで拭った。

フレイの山は湧き上がってくるような深緑に覆われている。その勢いのある緑の景色に囲まれ、これからも二人で歩いていく。

これから先、この国がこの世界がどう変わっていくのかは、誰も知らない。

もしかしたら竜は絶滅し、地上は機械に覆われていくのかもしれない。また逆に、自然と共存した未来がやってくるのかもしれない。

きっとまだまだ様々なことに翻弄され続けていくのだろう。

けれど、今自分にくちづけてくれている人がいる限り、ずっと自分は幸せでいられる。

エイノは首に提げられた、虹色の鱗のペンダントを揺らしながら、アレクシの唇を受け止めた。

誓いのキスは虹の下で

「アレクシ様、朝ですよ」

エイノの呼びかけに、アレクシはゆっくりと目を開ける。

「ん……もう、そんな時間か」

アレクシは朝が弱いということはない。普段ならば、しゃっきりと起きる彼だが、今朝だけは違うようだった。というのも、アレクシが床についてから、ほんの二時間足らず。仮眠程度の睡眠だったためである。

昨夜、フレイ山で旅の者が遭難しかけているという通報があり、その救助にアレクシはヒンメルとともに向かった。

現在、アレクシの相棒はシーヴから代わってヒンメルである。シーヴは今子育てに忙しいことや、また能力的にもヒンメルのほうが上のため、今はアレクシとともに毎日飛び回っている。かつて学者のランヴァルドが白い竜は幸福をもたらす言い伝えがあると言ったそのとおり、ユミルナは悪いこととは一切無縁である。この夏はどの作物も収穫量が多く、言い伝えが本当だったと人々は喜んでいた。

そういったわけで、どこでもヒンメルは歓迎されているのだが、それだけでなくその能力の高さに様々な場面で引っ張りだこなのである。ゆうべも遭難者の救助に駆り出され、夜を徹しての救助で旅人を救い出すことができたが、帰宅は夜明け近くだった。

「もっとお休みになっていたほうがいいんじゃないですか」

明け方、アレクシは疲弊して帰ってきたため、僅かな睡眠では疲労も取れないだろう。そう思いながらエイノは心配そうに言うが、アレクシは「大丈夫だ」と素早く起き上がった。

「それとも……エイノが一緒に寝てくれるというなら、もう一寝入りしようか。それはそれでいいが」

ニッ、とエイノに向けて揶揄《からか》うような笑みを浮かべる。アレクシの言葉にエイノは頬《ほお》を赤らめた。

「アレクシ様！　揶揄わないでください」

「揶揄ってなんかないが。本心だぞ」

「もう！　わかりました。ではさっさと起きてください。今日はこれから陛下のところに向かわれるのでしょう？　ハンスさんが朝食を用意していますから、召し上がってください」

「ああ、そうだった。陛下に報告せねばならないことがあるのだ。——さっさと仕事を終わらせないとな。明日のために」

アレクシはエイノにウインクしながらそう言うと、鼻歌交じりに着替えて部屋を出て行った。

明日のために、とアレクシは言ったが、明日はエイノにとっても大事な日である。だから、ゆうべ無事にアレクシが帰ってきてエイノはホッと胸を撫《な》で下ろした。

エイノもアレクシの帰りを待っていて、寝不足気味ではあるのだが、それよりも明日のことで緊張してここ数日あまり眠れていないので、同じことだ。

「さ、僕も仕事をしてこよう」

ゆうべ、アレクシとともに救助に向かったヒンメルも疲れたことだろう。今日は念入りに手入れをしてあげなくちゃ、とエイノはベッドを整えると部屋を出た。

ヒンメルもさすがに疲労困憊《こんぱい》だったのか、エイノが竜舎へ着いたときには、まだぐっすりと眠っていた。身体に触れてもまるでエイノに気づかない。

「ヒンメルもお疲れ様。ゆっくり休んでいてね」

泥だらけになっている身体を、鱗《うろこ》のひとつひとつまで温かい湯に浸した布で丁寧に拭き、欠けた爪にやすりをかける。汗だくになりながらそのすべてを終えると、ヒンメルの身体が輝くように真っ白になった。

ヒンメルのつがいとなったシーヴは彼らの間にできた仔竜の世話に忙しいようで、竜舎から姿を消している。きっと湖に水浴びにでも行っているに違いない。

エイノは他の竜たちの世話も同じようにして、彼らの食事まで用意し終えたときには、すっかり日が高くなっていた。

こうして自分の仕事をしているときがとても幸せだとエイノは思う。

竜たちの世話をいつまでできるのか……カールフェルトの家に、アレクシの側《そば》にいつまでいられるのかと思っていたのに――それはいい意味で裏切られた。

「そろそろお昼だね。……じゃ、僕は屋敷に戻るから。――ヒンメル、後でまた来るからね」

熟睡しきっているヒンメルに声をかけ、エイノは竜舎を後にする。

早足で駆けるように歩いていると、鳥の影が地面に映って、ふっと消えた。鷹《たか》だろうか。エイノは空を見上げ、空の青さと太陽の眩《まぶ》しさに目を細める。そのとき、あたりの木々の葉が揺れて、風が通ったことを知った。

　ユミルナのこの自然がエイノは大好きだ。

　いつまでも大好きなこの自然と、大好きな竜たちと――そして大好きなアレクシと暮らしていけたらいいと思っている。

　そろそろ風が冷たくなってきた。空も高く、木々の葉もかなり色づいてきている。秋は盛りを迎え、そして明日は収穫祭だ。

「さ、急がなくちゃ」

　明日の準備があるからと、レンナルトに早く帰ってくるように言われていた。

　収穫祭はユミルナで最大の祭りである。誰もが皆、大地の恵みに感謝し、次の年の豊かな実りを祈るために行われる。たくさんのご馳走《ちそう》と、たくさんのお酒とで祝い、夜を徹して皆音楽を奏で、踊り明かすのだ。

「ただいま戻りました」

　エイノは屋敷に戻ったが、レンナルトは不在のようである。どうしたのか、と思っていると、代わりに別の人間がエイノを出迎えた。

「エイノくん、おかえり」

　そう言って、大きく手を広げてそこに立っていたのは、ランヴァルドである。実に半年ぶりの再会だった。

　半年前、エイノが紋章を宿して竜の力を再び目覚めさせた際、この屋敷に滞在して研究をしていた彼は、その後外国へと旅立っていった。その彼がまた訪れている。

「ランヴァルド先生……！　いらっしゃいませ」

またランヴァルドに会うことができて、エイノは素直にうれしかった。

以前彼の研究の手伝いをしていたが、そのときには自分の知識も広がって、また彼の人柄もあり、とても充実していた。話し好きの彼は外国のこともたくさん教えてくれ、楽しい日々だったのである。

「いてもたってもいられず、やってきたよ。お招きありがとう」

「いらしてくださって、うれしいです。アレクシ様もすごく楽しみにしていたんですよ。外国にいらっしゃるので、来ていただけるかどうかと思っていたんですが……本当にうれしいです」

「そりゃあ、なにがあってもきみたちの結婚式には駆けつけると決めていましたからね。それに約束したでしょう？　ですから、飛んできましたよ」

ランヴァルドからそう言われて、エイノは照れ臭そうに頰を染めた。

そう、明日は収穫祭ではあるが、同時にエイノとアレクシの結婚式の日でもある。

エイノは結婚式などしなくてもアレクシといられるだけでいい、と言っていたのだが、いつもエイノの言うことを聞いていたアレクシが頑として、挙式については譲らなかった。

「これは今後のことにも関わるからな」

そう言って、半ば強引に進めることになったのである。

エイノとしては孤児であり、またただの使用人だった自分が、王族に連なる立場であるアレクシの隣に並ぶことはおこがましいと思っていた。結婚式を執り行えば、正式にアレクシの伴侶として公的に紹介されることになる。それがアレクシにとっていい方向に働くとは思っていなかったからだ。アレクシの評判に傷がついてしまうのでは、とエイノはそれを心配していた。

現に、貴族の中にはアレクシを批判し、反対する者もいた。だが、アレクシはそのような意見を一蹴し、こう言った。

「愛する者と生涯ともにいると誓うことのどこが悪い。今どき身分違いなどに囚《とら》われるのはおかしいだろう」

この言葉で、世間ではこれまで以上にアレクシの人気が高まったのである。

加えて、国王トールがアレクシとエイノの結婚を認めたことも大きい。それによって、貴族らの反対は完全に封じ込まれてしまったのだから。

国王が認めた二人の挙式は注目の的になってしまい、それはそれでエイノにとっては気が重かったのだが、アレクシはこの挙式が、他の身分違いで結婚を諦めざるを得なかった者たちへの応援になると言ったため、エイノも勇気を奮い起こしたのだった。

「いや、本当にうれしいよ。きみの紋章を守るのが竜騎士であるアレクシというのは、非常にロマンが溢《あふ》れている。これはぜひユミルナ史に書き加えてもらいたいくらいの出来事だね。復活した紋章を守る竜騎士……最高に素晴らしい！」

いつも話し好きなランヴァルドが、さらに饒舌《じょうぜつ》になっているのを見てエイノは苦笑する。けれど、彼が喜んでくれて、エイノはとても幸せに思っていた。

「ところでアレクシは？」

「今、陛下のところに行っています。ゆうべ、旅人の救助にフレイ山へ行っていたのですが、そのときに新たなマデュライトの鉱脈を発見したんだそうです。その報告に」

　それを聞いてランヴァルドは目を丸くし、そしてすぐに満面の笑みを浮かべた。

「それは素晴らしい！　なんてうれしいことだろう。まるできみたちの結婚を祝福しているようだね。マデュライトが新たに産出されたのは、竜の力が目覚めたことにも関係しているのだろう。こうしてはいられない。私もまた拠点をこちらに戻して、フレイ山の研究に勤《いそ》しむとしよう」

　ランヴァルドは目を輝かせる。どうやら彼はエイノたちの側に戻ってくるようだ。アレクシもランヴァルドとは気が合っていたようだし、エイノもランヴァルドが戻ってくるのはうれしい。この冬は楽しくなるだろうな、とエイノはにっこりと笑った。


　そして収穫祭当日――であり、いよいよ結婚式の当日となった。

　意外だったのが、レンナルトがこの挙式の支度に一番張り切っていたことだ。

　挙式の会場は、はじめはカールフェルトの屋敷の予定だったのだが、トールがぜひにということで、王城となった。エイノは当然それを聞いて驚いたし、てっきり屋敷でこぢんまり執り行うものだと思っていただけに、にわかに緊張が増していた。が、これも自分たちのように身分違いの恋に悩む者への応援になるなら、と受け入れた。

「ああ！　これは美しい！」

ランヴァルドが支度がすんだエイノを見て思わず叫んだのも無理はない。それはそれはきれいな花嫁だったのだから。

十八になるとようやく着ることのできる、ユミルナの正装は胴体部は体に沿うように、腰から下はくるぶしまでの長さで裾が広がっている優雅なものだ。

これを婚礼衣装として白い生地で誂《あつら》えた。この白い衣装にはエイノの銀色の髪と大きな琥珀《こはく》色の瞳がよく映える。

支度を手伝ったレンナルトも実に満足そうにエイノの側で微笑んでいた。

「おかしくないですか？」

はじめての正装が婚礼衣装というのはなんだか落ち着かなくて、隣にいるランヴァルドに不安げに訊《たず》ねた。

「おかしくないですよ。こんなに清楚《せいそ》できれいなエイノくんを見たら、アレクシは惚《ほ》れ直すに違いありませんね。賭けてもいいですよ」

茶目っ気たっぷりにランヴァルドがウインクをしながら言う。それですっかりエイノの緊張も解《ほど》けた。

「ランヴァルド先生……」

「さあ、みなさんお待ちかねですよ。行きましょう」

やさしく笑いかけるランヴァルドへエイノは小さく頷《うなず》き、足を踏み出した。

ランヴァルドの予想どおり、婚礼衣装をまとったエイノに、アレクシときたら声も出せずに見とれていた。

ランヴァルドもだが、エイノもアレクシの正装に改めて見入っていた。彼の正装は見慣れているとはいえ、同じように白い衣装に身を包んだ彼はとても凛々《りり》しくて、ひどく格好よくて目のやり場に困ってしまうほどである。

「おかしくないですか？」

エイノが上目遣いでおずおずとアレクシに話しかける。そこでようやくアレクシがハッとしたような顔をした。そうして慌てて首を横に振る。

「すごくきれいだ」

声を上擦らせ、うっとりとしたような顔でアレクシが言う。

「本当ですか？」

「本当に決まっているだろう。世界一きれいで可憐《かれん》な花嫁だ」

アレクシの甘い言葉にエイノは頬を真っ赤に染める。彼からの言葉はいつも大袈裟《おおげさ》だと思うのだが、それでもやはりうれしいものだ。

「ほら、やっぱり私の言ったとおりだったでしょう？　アレクシはエイノくんにメロメロですね」

ランヴァルドがクスクスと笑ってそう言うと、アレクシは開き直ったように「ああ、また惚れ直した」と言ってのける。

「おやおや、ご馳走様」

参ったとばかりに、苦笑してランヴァルドは肩を竦《すく》めていた。

婚礼の儀は滞りなく行われ、国王トールと王妃の前で、アレクシとエイノはお互い誓いの言葉を口にする。永遠の愛を誓った二人は晴れて新しい夫婦となったのだった。

「アレクシ様、おめでとうございます！」

「おめでとう！　エイノ、いつまでもお幸せに！」

婚儀を終えた二人がバルコニーから顔を出すと、祝福の鐘が鳴り響いた。そして美しいその音とともに大歓声がアレクシとエイノを包み込む。

するといきなり突風が吹き荒れ、それとともに竜の咆哮《ほうこう》があたりに響く。

「ヒンメル……！」

雲ひとつない澄み切った青い空に、白い巨体が現れる。バルコニーにいる二人に乗れ、とばかりに近づいてきた。

《エイノ、おめでとう。いつまでも幸せでいてね》

ヒンメルの声がエイノの頭の中に響く。この十八年、いつも一緒にいた大好きな友達に祝福され、エイノはなによりうれしいお祝いをもらったような気持ちになっていた。

「ありがとう、ヒンメル」

さあ乗って、とヒンメルが身体を寄せる。

「エイノ、ヒンメルが乗れと言っているな」

さすがにいつも行動をともにしているだけあり、アレクシもヒンメルと意思疎通ができている。

「ええ。僕たちにお祝いをしたいんですって」

「それはありがたくいただかなくてはな」

　エイノとアレクシが顔を見合わせ、笑い合う。そうして二人でヒンメルの背に乗った。

　ヒンメルが一声上げながら飛び立つ。

　そのとき、一瞬さあっと細かい雨が降り、あたりを濡らす。エイノもアレクシも驚いたが、さらに驚いたのはその後だった。

　一瞬だけ降った雨はすぐに止《や》み、その後エイノとアレクシの目に映ったのは大きな虹。

　二つ重なった大きな虹がフレイ山の上空から、ユミルナの地面に向けてかかっている。七色の虹が空を彩り、その美しさにエイノは声を上げる。

「すごい……！　すごいよヒンメル……！　きれい」

「ああ、本当に美しいな」

　アレクシも目を細め、感嘆の息を漏らしていた。

「ヒンメル、ありがとう。すてきなお祝いだよ」

　エイノが言うとヒンメルは歌うように、声を出す。その声はきっとユミルナの果てまで届いているかもしれない、それほど美しく響く鳴き声だった。

　その声を聞きながら、アレクシとエイノは誓うようにキスをした。

あとがき

はじめまして、葉山千世《はやまちせ》です。
「竜の守人《もりびと》は騎士団長に愛される」をお読みいただき、ありがとうございました。一生懸命書いたこのお話を、少しでも楽しんでいただけたらいいな、と思いながら、今このあとがきを書いています。

竜騎士、ってすごく憧れがあったのです。
いいですよね、竜騎士。私は以前はめちゃくちゃゲーマーだったので、ＲＰＧに出てくる竜騎士が格好いいなあ、いつか竜騎士のお話を書いて本が出せたらなあ……と思っていました。それが叶って、夢のようです。

アレクシもエイノも、書いていてとても楽しい二人でした。きっとアレクシはエイノをこれからも猫かわいがりしていくことでしょうし、エイノはアレクシに愛されて、もっときれいになって、ますますアレクシを虜《とりこ》にしていけばいいかと……！

そしてアレクシとエイノももちろん大好きですが、私のお気に入りはランヴァルドです。ランヴァルドの出番をもう少し増やしたかったですね。エイノと一緒に山に行って、いっぱいエイノに蘊蓄《うんちく》を聞かせたりとか、いきなり気分がいいからと歌を歌い出したりとか

（たぶん、そういうキャラでしょう）。でも、そうするとアレクシが焼きもちをやきそうなので、やめておきました。

書き終えてから、キャラクターそれぞれのエピソードがたくさん浮かんできて、一人でニヤニヤしています。いつかなにかの形で披露できたらいいなと思います。

そして、イラストは憧れのカズアキ先生にご担当いただきました。イラストレーターの先生が決まりました、と担当様からご連絡があったとき、カズアキ先生と伺って飛び上がるくらいうれしかったです。凛々《りり》しくて素敵なアレクシと清楚で可愛《かわい》いエイノに、竜のヒンメルの小さな姿もすごく可愛い……！　こんな竜を私も連れて歩きたいなあ、と思ってしまいます。素晴らしいイラストをつけていただき、本当にありがとうございました。

また、なんといっても、リンクス編集部様、担当様にはとてもお世話になりました。すごく心細かったのですが、担当様にはいつも気にかけてくださったり、適切にご指示いただいたり、なんとかここまでやってこられました。毎回のお電話もすごく楽しくて、この原稿を手放すのが寂《さび》しいくらいです。心から感謝いたします。ありがとうございました！

辛いことがたくさんの時期ではありますが、ひとときでもこのお話で気晴らしをしていただけたら、とてもうれしいです。

どうかまたご縁がありますように。

葉山千世

この本を読んでの
ご意見・ご感想を
お寄せ下さい。

〒151-0051
東京都渋谷区千駄ヶ谷4-9-7
(株)幻冬舎コミックス　リンクス編集部
「葉《は》山《やま》千《ち》世《せ》先生」係／「カズアキ先生」係

リンクス ロマンス

竜の守人は騎士団長に愛される

2021年10月31日　第1刷発行

著者……………葉《は》山《やま》千《ち》世《せ》
発行人…………石原正康
発行元…………株式会社　幻冬舎コミックス
〒151-0051　東京都渋谷区千駄ヶ谷4-9-7
TEL 03-5411-6431（編集）
発売元…………株式会社　幻冬舎
〒151-0051　東京都渋谷区千駄ヶ谷4-9-7
TEL 03-5411-6222（営業）
振替00120-8-767643
印刷・製本所…株式会社　光邦
検印廃止

ISBN978-4-344-84939-6 C0293
Printed in Japan

幻冬舎コミックスホームページ　https://www.gentosha-comics.net